U0865368

漫娱图书

玩书·一本纸上冒险游戏

恋与雅君子

Lian yu yajunzi

拂罗 著

长江出版社
CHANGJIANGPRESS
漫娱图书

人物介绍

Character introduction

苏相卿

布衣卿相、如玉名士

无论过去、现在、未来，
不管哪个世界，我都会守护在你身边。

长陵

腹黑少年、武力爆棚

世上有许多害我之人，
可我不愿因为复仇，
失去唯一一个你。

傲娇魔头、绝艳少年
江山宴
有我在，
世间没有人能动得了你。

听完这曲琴音，便不准你再离开我，
一刻也不行。
冷漠寺卿、病娇公子
誉知行

见字如晤：

若你还记得我，那么，别来无恙。

若你不记得我，那么，初次见面。

我想，命运冥冥中自有安排，在你翻开这本书的时候，就被赋予了这沉重的使命，所有的相遇都掌握在你的选择中，却又被命运安排妥当。

就像事先说好的那样，以防你回去之后失去所有的记忆，我再写一遍你要做的事。

你眼前这本书里的文字，承载着一个错误的时空，这也正是需要你动身去拯救的。

受到时空错乱的影响，许多不同朝代的穿越者来到了我眼下所在的世界。若不加以阻止，他们会渐渐撕裂这个书中的王朝。你要做的，便是利用手中的记忆碎片，找到其中的几位穿穿者，帮助他们恢复记忆，回到原本的时空，为我手中的七星灯恢复力量，修补这日渐破碎的王朝。

我们习惯称呼这些穿穿者为命定者。

若你已不记得我，看到这些文字，是否会有些云遮雾罩之感？

落笔至此，我已料想到你此时的表情了。

无妨。

其实只想与你叙叙旧，以免你彻底忘掉我的存在。

寻找命定者，记住你的目标，翻开书之后，你自会懂。

书里书外，我与你同在。

苏相卿 亲笔

扫码关注并回复“信”，收听音频。

“你回来了。”

“别怕，再等等，我会来救你。”

1

温和的男音在脑海回荡，为湿冷黑暗的柴房添了丝丝暖意。

哪位……故人？梦中那一抹蓝影长身玉立，微笑着站在原地，目送你渐渐远去，你却无论如何也想不起他是何人。

你从昏睡中惊醒，泪痕犹在，寒夜寂静，其他被关在柴房的下人们仍睡着，鼾声起伏。

你裹了裹单薄的衣裙，努力蜷缩身体驱散冷意，听见巡夜家丁的说话声。

“那些疯人都睡了？”

“睡啦，总算不嚷了。”

“哎，里面那丫鬟，到底算不算疯人啊？”

“管他呢，大公子的意思，就是让她再病死一回得了。”

……

饥饿涌来，肚子咕噜噜叫唤。

食物刚送来就被一拥而上抢光了，你身体太单薄，抢不上饭。要不是柳儿偶尔送些残羹冷饭来，怕是又得一命呜呼了。

柳儿是身体原主人的好友，从记忆得知，这里是朝云城一个邵姓的大户人家，柳儿与你同乡，幼时同被拐子卖来当丫鬟，从此相依为命，常在一起思乡。

你闭上眼睛回忆生前事，又想想那封信里的请求，叹了口气。本以为是英雄降临的开局，没想到立刻就卡关了。

你穿书已有多日了。

进入的瞬间，你在书外书内就同时有了两个身体。

占了这个丫鬟的身体后，你发现她压根不是病死的，而是作为大公子的丫鬟，不知说错了什么话，受罚活生生被饿死的。

你刚醒来就感受到强烈的饥饿，嚷着要吃饭，脱口而出“这是哪儿”，众人惊恐地瞪着你，随后立刻把你扔进柴房，让你自生自灭。

古人这么不友好吗？说好的寻找命定者拯救世界呢！

被丢进柴房一抬头，你又惊呆了，原来有这么多穿书的人？

一丫鬟大喊：“老子是三镇节度使安禄山手下大将，奉命清君侧、除杨国忠，哪个敢拦？”

她对面有个家丁对骂：“老子乃郭子仪手下大将，奉命镇压安禄山！”

唾骂声此起彼伏，有人抱头：“这是哪儿啊，我要回大宋……”

唐？宋？三国两晋……元明清？加上你这个二十一世纪的？

大家同为穿书者，虽然是同一个世界不同时代来的，你凑过去套近乎：“你是宋朝哪儿的人士？”

对方木讷摇头，继续嘟囔：“回大宋……”

他们都浸在自己的回忆里，无法自拔。

你努力搜索记忆，原来他们都是邵府的人，某天忽然被穿越者代替了，两股记忆在脑子里打架，好端端的人就疯了，被刺激时甚至具有攻击性。

本书设定是架空的王朝，同信中所说的那样，因时空日渐错乱，当朝臣民对穿越者并不陌生，称呼他们为“疯人”。

除了几位命定者以外，其他人都是魂穿。最早的魂穿在十年前，起初是不起眼的两三人，后如瘟疫一样在各地出现，说不准某时某地便突然疯了。

说来说去，就是魂穿多数失败，少数成功，你则是幸运儿之一，原主人不在，没人跟你争，只是……眼下身份低微，难以行动。

这里唯一向着你的柳儿，却固执的以为你大病初愈糊涂了，慢慢就能恢复。

不论如何，情报是穿越的本钱，你陆续从柳儿口中打探着柴房外的消息。

听柳儿说，风声怕是已传到大理寺去了。邵老爷愁得团团转，不为别的，邵夫人其实也中招了，见人就挠。

疯得无可救药之人，一经发现，由大理寺捉拿送去流放。

原主人随公子在京城做生意时，有幸见过大理寺卿誉知行，犹记是个年轻又淡漠的美男子。哀哭声里，他骑在马上淡淡一声令下，将这些曾是良民的“疯人”逮去流放，违者处斩。

问候他祖宗的百姓从京城排到边陲，誉大人眼都不眨一下。

誉大人是把刀，持刀人是皇上，如此下来天下的确太平不少，流放到何处却是不知，至今无人活着回来。

邵府迟早会迎来这一日，不能坐以待毙，得想办法逃出去。

昨晚，你头脑里无端出现那温和的男声，说自己叫苏相卿，会来救你。起初以为是幻听，谁知愈发清晰，今夜果然也遥遥响起了。

你动了动干瘪缺水的嘴唇：“你……在哪儿？你认识我？”

声音散了。

要……相信他吗？还是自己想办法出去找命定者？

逃出去，少不得柳儿配合，可柳儿留在这里必定不好过。

相信苏相卿，但要先打听清楚他是何人。

长夜渐深，寒气入骨。

你再次惊醒，门缝下塞来半块干硬的饼，门外响起怯弱的呼唤："你没事吧？"

柳儿那丫头又冒险给你送吃的来了，你感动又担心，连忙挪过去小声问："没人看见你吧？"

"没……"外面那人沉默片刻，无助的声音传来，"大公子之前不是经商去了吗？我听说他快回府了，怎么办呀……这人简直比江山公子还可恶，还说回来再收拾咱们！"

江山公子？

搜索原主人回忆，原来是个百姓口口相传的大魔头，传闻他生得比女子还漂亮，性子却暴戾荒淫，手下聚集了许多恶人，时常为他抢来珍宝美人。邵府小孩不睡觉，奶娘就吓唬他们："江山公子要来啦。"

你晃晃脑袋，停下回忆。

对比邵公子的作恶程度……就有点儿高看邵公子了。但此人毕竟是府中一霸，得罪了他，回来第二次弄死你不在话下。

是该决定怎么做了。

A 劝柳儿随你逃跑
跳转第一章-1（12页）

B 细细打听苏相卿来历
跳转第四章-1（202页）

第一章

听完这曲琴音，

便不准你再离开我，一刻也不行。

1

求人不如求己，柳儿在这儿不好过，带她走就是了。

“柳儿，你甘心留在这儿吗？”你慢慢问。

“不甘心，我还等着哪天恢复自由身，找我爹娘呢……”

“你若真的想，现在去收拾包袱，把咱们所有月钱都拿上，咱们逃走，怎么样？”你声音放轻，语气却丝毫不放软，这种时刻不能犹豫。

哭声一歇，外面的人似乎陷入错愕。

下人出逃，卖身契与户籍都是难以处理之事，但比等死强。你继续劝：“这邵府每年都有丫鬟横死，你想成为下一个吗？”

“不，不想……”柳儿颤抖着回答。

“我有办法让咱们趁乱逃出去，你愿意拼这一把吗？”

柳儿果然动摇了，门外安静片刻，传来她激动的回答：“好！”

脚步声嗒嗒远去，你深吸一口气，支撑起身体，慢慢走到那自称郭子仪手下将领的汉子身旁，默默组织语言。

片刻后，柳儿的声音小心翼翼地响起：“准备好了……”

对不住了。

你望着熟睡的汉子，附身贴着他耳边高喝：“安禄山叛军就在门外，将军为何还在帐中睡觉！”

“叛军！”汉子立刻惊起，怒目圆睁，狠狠将你推开，朝着柴房门跑去，举拳便砸，“快快放本将军出去！”

这一刺激，柴房内哭号大作，许多疯人砸起门来。你方才被推得撞在墙上，骨骼作响，痛得眼冒金星，勉强站定，见木门发出破败的声响，下一刻竟轰然被砸开。

疯人们涌出去，门外站着一个抱着包袱的绿裙姑娘，瘦瘦小小，吓得一声尖叫："呀——"

府内立刻传来家丁们的惊呼"疯人跑了"，火把的光从四处聚来，照亮夜色，举火把的人们明暗闪烁如鬼影。

你一把抓住她的手躲在树后，迅速低声道："往正门跑！"

柳儿牵着你的手向府外狂奔，迎面遇见跑来的府人，有个家丁停下问："喂，怎样了？"

你低头遮掩眉目，柳儿抓紧你的手，颤抖着指向那边："全、全乱了！都跑了，你快去吧！"

有惊无险。

不料跑出几步，后方突然传来那人高喝："半夜你们拿包袱去哪儿！"

柳儿战战兢兢回头，大惊失色："他……他追过来了！"

你迅速抓起一把沙土，朝后方猛地扬去，那人捂眼哀号。你们趁机快步踏出邵府大门，柳儿气喘吁吁地弯腰，却被你拉着继续跑。

惊惧中慌不择路，不知一口气跑了多久，家丁早被你们甩开。此时身在一处小巷，距离邵府已不知有多远，你们双双瘫倒在地，你眼冒金星，柳儿在旁边拍你的背。

她从包袱里拿出水壶，小心地给你润润唇："慢点喝……"

你喘了一会儿："你还记得家乡在哪儿吗？"

柳儿睁大了眼："咱们家在临江镇的杏花村呀。"

"坐船还是走路？需多少时日？"

"要先走至少十日的脚程，然后租船，再走两三日水路……至少半个月。"柳儿小声问，"能成功吗？"

她神色担忧，有些悲伤："万一爹娘不认识咱们了……"

"船到桥头自然直。"你心中微苦，轻声安慰。

今天的经历对柳儿来讲太刺激，她愣愣地仰头望夜空，不说话。

你则倒出包袱里的月钱算着，这里虽是架空世界，古代常识却是差不多，这些钱不多，但节省点足够作为盘缠了。失忆的命定者还不知散落在何方，眼下活着最重要。

算完了，柳儿也想通了，她用力点头："你说得对。"

你哑然失笑："打地铺将就一宿吧，夜里赶路不安全，明天随人群出城。"

长夜如墨，很快天色大亮，车马行人的喧哗声渐响，又是新的一天。

你们打着哈欠混入人群出城，秋色里回望这座城郭古老的城墙，以及城门下川流的车马人群。遥想前方，路途迢迢，天高地远，任你闯荡。

总之万事可期。

"怎么了？"柳儿小声问。

你笑了笑，脚步轻快："挺无聊的，讲讲家乡吧？"

提起家乡，柳儿的话就变多了，她眼睛发亮，与你讲着儿时有趣的事。你们自幼一起玩，柳儿隔壁住着个调皮的小哥哥，她也连带着调皮，经常带你下河摸鱼、上树摘果，再回来挨训。

这让她愈发归心似箭。

你静静地听。

马不停蹄地赶路，渴了喝溪水，饿了凑合吃，困了将就睡，你们在几日后的黄昏赶到了码头小城。

明早从这里乘船，便至临江。

酒馆菜肴扑鼻，馋得人口水横流，你们数数钱，决定奢侈一把，大摇大摆叫了两道菜吃。正在大块朵颐时一抬头，你俩瞪着对方腮帮鼓鼓的模样，忍不住大笑。

“你……”柳儿指着你笑得乱颤，“你肯定嫁不出去！”

“笑话别人，也不看看自己什么样子！”

一番笑闹后，你们又奢侈地在客栈叫了最次等的隔间，计划明早乘船。

你在床上迷糊睁眼，看到蜡泪流了满桌，柳儿还没睡，抱膝静静想着什么。你知道她心中忧虑：“还在担心？”

柳儿低声反问：“你不担心吗？万一……”

你这个穿越者感受不到思乡，可柳儿也不信，干脆不说了。想了一会儿，你忽然笑了，柳儿有些恼：“你笑什么！？”

“笑某人近乡情怯，不想隔壁小郎君了？”

“胡说！”柳儿羞红了脸。

柳儿与你情绪高涨，聊了太久，结果第二日你俩双双睡过了头，柳儿慌张高呼：“咱们赶不上最早的客船了！”

你睡眼惺忪地被柳儿晃起来，匆匆穿过赶路的行人向码头跑去。见客船徐徐远去，柳儿欲哭无泪：“晚一步……”

“还有下一艘呢。”你安慰她。

“不是，我方才好像遇见……”柳儿着急摇头，她抓住你的手往人群里跑，忽然有个壮硕的男人迎面撞来，你连忙拉着柳儿避让。

男人却挡住你们，如同豺狼见肉：“原来落跑的丫鬟有两个？”

柳儿惨白的脸先出卖了你们。

怎么回事？

码头镇子比不上城郭的治安，柳儿怕是方才遇见了此人，因举止打怵不慎被发现，这才慌慌张张要逃。

你想通经过，望着男人脸色微冷，心中却十分焦急。就算他将你们拖走，声称是自家逃跑的丫鬟，怕是也不会有人来管闲事。

怎么办？身在异乡，你第一次感到叫天不应的无助。

柳儿紧抓着你的手一松，你诧异抬头，瘦小的姑娘毅然挡在你身前，双肩颤抖，对你哭喊：“快跑，快跑啊！”

你脑中思绪“嗡”地被打乱，愕然退后两步：跑？不跑？

男人皱着眉，抬手抓住柳儿的胳膊，又伸手向你捉来，柳儿忽然狠狠咬住他的手臂，被他反手一巴掌甩在脸上。

柳儿痛得大哭。许多行人指指点点，男人挤出笑解释：“自家逃出来的丫鬟……”

盯着柳儿脸上的巴掌印，愧疚如潮水涌来，你站定高喊：“这人是拐子！”

围观百姓越来越多。

男人狠狠甩开柳儿，拨开人群往外跑去。你却听人群外传来淡淡一声：“荀燕，拿下他！”随后立刻响起一声底气十足的“是”，眼前黑影一晃，身手敏捷的青年官差，三两下将壮汉制服在地。

其他穿漆黑劲装的官差纷纷赶来，围观群众变了脸色四散逃开，你困惑地抬头，见发出命令的黑衣高官骑着高头大马，缓缓近了。

“是誉寺卿来了！”“快走快走……”

有人议论，有人奔逃，喧闹的人声却被他淡淡压下：“找到你了。”

秋风吹过，扬起满地金叶，拂过男子黑衣上浮动的怒兽金纹，你看清他官帽下淡漠的双眸，凉薄的神情。

“寺卿，这人怎么办？”那个叫荀燕的下属问。

“押走。”

他的相貌是清俊而柔和的，神情却是冷淡而锋利的，目光像刀刃，将你细细剖开，带一抹居上位者独有的怜悯。

大理寺卿……誉知行？

他的身形实在削瘦了些，脸庞呈现出苍白病弱的美，“病阎王”这张出众的脸，也是无数百姓的噩梦。

他为何要帮你们?

柳儿双膝一软，有些晕眩。

“多谢大人，我们这就乘船回乡。”你避开誉知行的目光，扶起柳儿,往渡口慢慢走去。誉知行静静地注视着你们,待你们走出数步,一句话淡淡飘来。

“你不是这里的人，何来故乡？”誉知行声音平静，“以落跑丫鬟之身，你要如何找到命定者？”

你心中一震，转过身与他对视，警惕问：“朝廷知道我的事？”

“不知。”誉知行看你一会儿，平静道，“本官受友人之托，带你回京。”

原来就在你逃离的第二天，那位苏相卿来到府内，未能与你相遇。誉知行是几天后奉命赶到邵府的，他将疯人们收押往京城而去，顺便接受了好友的请求。

“大人怎么知道，我们会来这儿？”你半信半疑。

“苏公子见你们逃跑，料到今时今刻你们会在这里。”誉知行语气平静，好似这本就是正常不过的事。

“到京城就能见到他？”

“不能，如今没有见你的必要。”誉知行道，“不过，本官的确有事要你做。”

“什么事？”

“人多眼杂，回京城再说。”

很蹊跷。

可犹豫不决不是你的性子，这位寺卿开出的条件也足够吸引人，他可以差人送柳儿回乡，哪怕最后寻不到爹娘，大理寺也可以出钱好生安顿柳儿。

今天的事让你惊觉，带着柳儿出逃这个决定莽撞且不负责，茫茫人海中找到命定者的概率也十分渺小，若有大理寺帮忙，会轻松许多。

于是你狠狠心点了头。

柳儿从惊吓中清醒，你柔声将这个消息告诉她，她抱着你号啕大哭。惜别到正午，客船催发，在官差的护送下，柳儿眼泪汪汪地上船去，对你挥手，船影渐渐消失在江水尽头。

愿她阖家团圆。

你站在码头相送。江风迎面，身旁传来男子轻轻的咳嗽，誉寺卿站在你身旁，他这身子受不住凉风吹，脸色愈发显得苍白。

“大人染了风寒？”

“旧伤。”

“何必站在这儿陪我送人。”你无奈道，“怕我跑了？”

“是。”誉知行顿了顿，嘴角莫名地微扬，“你一向鬼主意很多。”

一向？这人……怎么好像很了解你的样子。

没等你问出声，誉知行转身向车队走去。他身形瘦削，背影挺拔，翻身上马：“走吧。”

跳转 2（19页）

2

路途迢迢，山水重重，离愁渐散。

队伍里大都是囚车，用来押解疯人或犯人，唯一的载人马车本属于寺卿，此时此刻成了你的专享。

坐在舒舒服服的马车里，一拨帘，瞅瞅誉知行骑马前行的背影，你有些过意不去。不仅是看在苏相卿的面子，更因为……你还不会骑马。

在古代混，迟早是要学会这项技能的。

你找理由把车还给他，自己拿他的马练手。初次骑马，你跃跃欲试接过缰绳，不料刚迈上马背，马儿忽然尥起蹶子。

在官差们的笑声中，你“哎哟”栽下马，后脑勺冷不防撞上某人的胸膛，男子的闷哼声在后方响起，他下意识抬起双臂将你接住。

空气凝固，官差们一片做作的咳嗽声，仿佛心领意会，彼此阴阳怪气地笑：“哎哟，咱寺卿对女人开窍了，不枉公主苦苦追求……”

病阎王平静抬眸望去，那些笑声立刻戛然而止，荀燕仗着自己亲信下属的身份，煞有介事嚷嚷：“都别笑了，别笑了！”

队伍里不知谁又嚷：“就你笑得最大声。”

誉知行不再理会他们，而是垂目与你对视，那张病弱柔美的脸近在咫尺，淡淡问：“本官的马性子烈，不好驯服，换一匹给你练手？”

你被他盯得脸红，从他怀里起身，拍拍衣服，倔强道：“不，我就要这一匹！”

誉知行目送你继续和他的马过不去，听荀燕感慨：“哎，这丫头够倔！”他依旧未出声，唇边却扬起了若有似无的笑意。

摔了一次又一次，你终于驯服了这匹烈马，能骑着它随队赶路了，一路能看到更多风景，不禁十分得意。大理寺果然使路边的百姓闻风丧胆，无须收押疯人的地方，誉知行便吩咐绕开走，以免惊扰百姓。

有个默不作声的囚犯吸引了你的目光。

这人大约而立之年，身形文弱，全程坐在囚车里，一副看穿世事的释然。你向旁人打听过，他叫楚越，是个有名的神医，因私藏疯人被大理寺逮捕，逮捕时并未反抗，坐等被砍头。

“他是郎中……应该想治那些疯人吧？”你有些不忍，“罪当致死吗？”

“他窝藏的疯人不慎跑出去，袭击了诸多无辜百姓。”誉知行平静地注视着你，“比恶人还要不自觉的，是盲目的善良。”

他语气平淡，这一句话，将许多祸乱轻描淡写带过。

你们此时同在马车里。气候转凉，他身子受不住，你也稍染风寒，统统被差人给劝进马车了。眼看车外夕阳，前方有个叫榆阳的县城，今夜便是要在这儿歇一夜。

“寺卿，榆阳遇袭！”

车外响起慌张的错杂声。

马车“吱呀”猛停，你险些撞在誉知行身上，他漆黑官袍上的药味包裹而来。誉知行目光泛冷，拔剑出鞘，走下马车前吩咐你：“不要乱跑。”

你坐回马车里，拨帘望向外面，不禁被眼前景象惊得心颤。天边火烧云炙热，整个城郭仿佛浸在烈火中，城中哭喊声不绝，许多人影四处逃窜。

“叛军？”誉知行望向城中。

荀燕如临大敌：“是土匪，说要打劫财宝和女人献给江山公子！”

江山公子？！

土匪们在城中大摇大摆地抢劫金银珠宝，将尖叫的姑娘们拦腰抱起扔上车。有匪徒正要朝倒地残喘的官兵举刀劈去，誉知行健步冲去，拔剑出鞘，与那人手中兵器相撞，剑锋再一旋，擦出火星，逼退匪徒。

他黑衣猎猎，神采冷冽，若不是脸色苍白，几乎看不出是身患旧疾之人。几个土匪大惊失色："大哥，是……是病阎王！"

"尿货，有公子赐咱们的力量，怕什么！"立刻有壮汉骂道，"敢过来，连大理寺也一起掀了！"

"好大的口气！"几个官差被激怒，朝头目围去，那壮汉肌肉上华丽的莲花文身闪烁，手中长刀挥动，竟同时逼开四五个官差。

"当心，江山宴的人有怪力。"誉知行沉声冷喝，他躲过那土匪的攻击，长剑如虹贯穿对方胸膛，从剑锋上重重踹开对方尸身，向咽喉补一剑，又回身对付其他敌人。

"全员戒备，保护马车！"

"是！"

躲在马车里看着，无力感涌上心头，你缓缓攥拳，忽然被极远处的人影吸引了目光。

这人穿一袭红衣，天空中烈焰似的夕阳，竟丝毫压不住他身上的艳色，仿佛每寸朱砂绸料都是为了增添他的张扬而存在。

他用发带高束长发，嘴角正勾起笑意，双眸里的神采却令人震颤。因这笑意，他整个人也化作了一支锋利的箭。

他抬起长弓，微微眯起眼，朝着这边瞄准，箭尖燃着火焰。

他是谁？向着哪边？要做什么？

你心中猛震。

利箭骤然离弦，夕阳烈日里坠下一道焰光，直直掠来。你不再犹豫，果断跳下马车，顺手从地上拾起长刀防身。

这一箭没入满地衰草，火着了魔般疯狂蹿起，很快烧着你身后的车，马儿受惊，拉着马车飞快冲出火海。

抬头再看，那人已消失不见，仿佛是烈阳凝作的幻影。

匪人们不退反进，仿佛感受不到烈火灼烧，有个被土匪扛在肩上的姑娘忽然瞧见你，如同抓住救命稻草："救我！"

有人在背后朝誉知行挥下了刀。

A 救姑娘
跳转第二章-1（80页）

B 帮寺卿
跳转3（23页）

3

你双手拿刀朝寺卿身后冲去，举刀一横，匪徒抡起宽刀重重砸来。你虎口震痛，武器“当啷”落地，雪亮的刀刃不住颤动，倒映出灼眼的火光。

清啸一剑自你身侧穿过，刺入那匪徒的要害，再快速拔出，血珠飞溅在你脸上。誉知行站在炽热的火海里，将你护在他身后，声音冷静：“小心。”

热风卷动他漆黑的官袍，布料上金色的怒兽纹路熠熠生辉，如此单薄锋利的一个人，仿佛军阵中不可攀越的主将。匪徒们不敢再轻举妄动，招呼同伴回撤，丢下还没来得及掳掠的女人及财物跳上马车，竟毫不犹豫地逃了。

官差们要追，被誉知行抬手拦下：“穷寇莫追，回京禀告朝廷。”

女子们如梦方醒，“哇”地大哭，被洗劫的百姓也面露悲戚。你正要上前安慰，对方却惊恐后退：“别、别过来！”

你愣了下，难道自己长得像恶鬼？

“在百姓眼中，大理寺的可怕不亚于匪徒。”誉知行的声音淡漠响起，“没时间歇息了，走吧。”

你环顾其他百姓。无论男女老幼，果然都不敢靠近你们，眼神里分明都是恐惧与憎恶，仿佛看着一群吃人的黑衣妖怪。有小孩咿呀开口说“奶娘讲的恶寺卿”妇人忙扇孩子一巴掌，眼神偷偷斜视着誉知行。

誉知行仿佛什么也没有听到，收剑入鞘，翻身上马，在孩童委屈的哇哇大哭声里带队在暮色里远去。

此番惊变，这边趁机逃了个囚犯，正是先前凛然赴死的楚越，他的囚车像是被人从外面用蛮力破开的。

被谁救走的？你不禁想起那放箭的红衣人，誉知行的回答却让你满身冷汗。

“他便是江山宴。”

江山公子做事喜怒随意，让人难以捉摸，或许只是来看戏，兴起时放了一箭助兴，至于他为何救走楚越便是另一个谜团了。只是可怜那些被匪徒掳走的姑娘家，被献给那魔头，不知结局如何。

又颠簸了两日，人马劳顿，你在暮色里远远看到京城的巍峨轮廓。车队真正走到城门下已是暮色暗淡，城中华灯初上，歌楼酒旗飘扬，游人在主道穿行如织，你听着笑闹声，看着灯笼的红晕，眼前一分分扬起暖意。

誉寺卿吩咐荀燕领着囚车先向寺内驶去，自己则下了马，牵着缰绳，在主道慢慢与你同行。你见他从马背行囊上拿下一件银白外服，披在漆黑官袍之外，遮住了那些扎眼的怒兽金纹。

你笑道：“有话要单独对我讲？”

“嗯。”

你想说话，肚子却先咕咕叫起来。

人声渐渐淡了，达官贵人不曾踏足的街巷里，热腾腾的面摊前悬着小灯，晕开暖光。誉知行将马拴在道旁，淡淡吩咐：“两碗阳春面。”

你在誉知行对面坐下，男子泛白而俊秀的脸沐在烛火下，身在民间，他气度里的凛冽也不易察觉地缓下来。两碗细白的阳春面很快端上桌，热气腾腾，化开油色，缀着葱花，你不客气地执箸送入口中，听他的嗓音平静响起：“如何寻找命定者，你可有头绪？”

你搅起一筷：“我手里只有命定者记忆碎片的线索，只能以此推测，慢慢来找。寺卿找我，是什么事？”

誉知行挑起面条，无声吹凉。连吃面条都悄无声息，你不禁多看了他几眼，此人必定出身良好。

“大理寺每月都要抓捕许多疯人，或许其中便有你要找的命定者，你若没有头绪，可以来我大理寺暂住，所有的案宗都集于此，方便调查。”

他竟肯帮你到如此地步？你不禁又多看他一眼，有些迟疑：“我一介平民，冒冒失失住进去……会不会不妥当，或引起怀疑？”

“嗯，荀燕他们虽是我的心腹，但人心难测，不能保证大理寺中十分安全。”誉知行平静地望着你，“所以需要你伪造身份，谎称是我昔日邻家的小妹，且与我自幼感情甚笃，这样才无人敢怀疑，你若不愿，我不强求。”

誉知行顿了顿，又道：“若你不愿也无妨，苏公子早在这里准备好一座府邸，供你居住。”

总觉得还有另一种原因，他没有说出口？也可能是你的错觉吧。你很快接受这理由，感谢一笑，脑中飞速思考着。搬去府邸或大理寺，哪种更好？

A 大理寺
跳转4（26页）

B 府邸
跳转第三章-1（146页）

4

“有劳寺卿了。”你笑着点头，又有所思，“不对，既然你我是青梅竹马的兄妹，不该叫得如此生分，我该唤寺卿什么？”

“你喜欢唤什么，就唤什么。”誉知行眼中微微含笑，几乎要真让你以为你们曾认识，“若你喜欢，直呼我知行也好。”

那是被暖春融化的薄冰，笑起来立刻温润到一发而不可收。

本以为忽然换了身份，以他的凉薄难免生分，却不料他入戏比你更快，于是你也不再犹豫，坦然笑道：“那有人的时候我就唤你……知行？”

“嗯。”

誉知行依旧微笑，这笑容恰到好处，如高悬淡月，需穿过灯火仰头才能窥见。你盯着他出神，忽然问道：“我是不是在哪里见过你？”

“你在哪里见过我？”誉知行淡淡低问。

好像分明在何处见过这般好月色，月色下这般可望不可及的微笑，那人似乎总在水中，一碰就散，目送你渐行渐远。

“不知道……”你困惑地摇摇头，继续吃面，“可能是我这身体的原主人见过，所以有种既视感吧，不必放在心上。”

他微微点头，不再多言。

吃完了面，你满意地夸了这味道一通，夸得摊主眉开眼笑，非要送你两块糕饼尝尝，你分给誉知行一块，与他并肩走在游人如织的主道上，边走边吃。

你很快吃完了自己那块，惬意地拍拍手上碎屑，旁边突然传来誉知行的声音：“那匹马，你是成功驯服它的第二个人。”

誉知行淡淡道：“本官费力驯服它之前已踢伤了十余人，荀燕他们试过，最后无一不垂头丧气。”

你不禁为之咂舌，心里暗暗感慨自己命大，居然斗胆去惹那烈马，但一股莫名的自豪感又涌上来，你得意点头：“那当然！我连一匹马都驯服不了，又怎么接触命定者？”

誉知行极淡一笑：“嗯。”

继续跟着誉知行往里走，你又忍不住多看了寺卿几眼，说到底大理寺只是一把屠刀，朝廷才是真正的执刀者，百姓不敢与那持刀者对峙，只能将滔滔怒意转向离自己最近的屠刀。

“以后你便住在这里，所有的疯人案宗都在案宗阁，你随时可以去翻阅。至于那些偷听偷看的差人，你不必理会，若实在厌烦就告诉我，我自会处置他们。”

你连忙点头，对他道声“好梦”，各自回房去了。

这传说中阴气森森的大理寺，倒比想象中近人情许多。你想了想，先挑灯给柳儿写了封信，告诉她在京城一切安好，然后倒头睡觉。

一大早，你打着哈欠直奔案宗阁去。推开门，才在目瞪口呆中悟到寺卿话中之意，若非有驯服烈马的毅力……是绝对应付不了这份工作的。

案宗，案宗，铺天盖地的案宗，整整塞满了四周格架，堆不下的便成捆放置在地上。你小心翼翼抬腿，还是不小心踢倒了一摞。

你将它扶起堆好，拿起一卷翻阅，是疯人们的记录，详细记录着户籍身份与发疯后的言谈，唐宋元明清，哪个朝代穿来的都有。

你在大理寺要做的，便是在这浩瀚的情报海洋中挑出符合的命定者。

虽说阵阵头疼，你还是咬牙搬了桌案、椅子，悉心翻阅起这些案宗。窗外白云缓缓漂移，碧空不知何时换作夕阳晚照，你揉着眼抬头，整整几个时辰过去了。

才翻阅了沧海一粟而已。

肚子咕噜噜叫得欢，正要起身觅食，门口有人端着糕点过来："小妹，吃吗？"

你眼睛冒光，连忙向荀燕道谢，再看那糕饼，正是昨夜你与誉知行同吃过的那种。

"我就是个跑腿的。"荀燕摆摆手，"是寺卿怕你饿着，特意叮嘱后厨做了糕饼让我送来，寺卿都站在门口瞧你好几次了，你知道不？"

你愣了愣："他怎么不进来？"

"每次到门口，见姑娘还在奋笔疾书，寺卿就一声不吭地走了。"荀燕扳着手指，笑着压低声音，"寺卿啊，还没对其他女子这么上心过呢……哎，你这写的什么？"

荀燕刚要拿，你"哗啦"将桌案上的宣纸通通收起，踢到桌下去。不顾对方抗议，连连咳嗽："没事没事，练字而已，你早点休息吧。"

荀燕被你半推半劝地赶了出去。

那些宣纸上是你仿照古人笔迹练习的字体，确切来讲是仿照寺卿在案宗上的落款而写，你见他笔锋苍劲有力，忍不住模仿，然而每每字不达意，画虎不成。

看来仿字和手头工作一样，急躁不得。

你不甘心地回去歇息，第二日挑灯再战，如此反复了好些日，寺里都传那位小青梅不愧与寺卿情投意合，连查起案子的拼命劲儿都有几分相似。

跳转5（29页）

5

“怎么睡在这儿？夜寒风重，当心着凉。”

某日夜里，你被身旁清淡的嗓音叫醒，迷迷糊糊地从桌案上抬头，发现连烛火都不知何时熄了。

“今夜你早些回去睡吧，后日正午前，本官会把你需要的东西送来。”

你乖乖歇了两天。

原因竟是大理寺上下差役吃错了药似的，一见你往案宗阁里跑，就慌慌张张地拦下你。后来你拽着荀燕逼问，这才问出来：寺卿当日有意提了句，这两日不要让你再操劳。

寺卿尊口一开，这群汉子哪敢怠慢，鸡飞狗跳不眠不休地盯着你。

除了浣衣烧饭的仆人，大理寺“左右为男”，只有你一个年轻姑娘夹在中间，想低调都低调不起来，又有寺卿撑腰，感觉自己像个保护动物。

不过寺卿前日所说的，究竟是什么东西呢？

答案终于在这日揭晓，一大早，你披着晨光打哈欠，正朝案宗阁去，忽然瞧见荀燕吭哧吭哧地捧着一大摞文书过来：“小妹，我给你放桌上了！”

“好，有劳了。”你连忙过去分一半，“这些是什么？”

“寺卿说案宗阁文书太多，你又不熟，难免头疼，这两天他留在阁里，精心给你挑了这些文书。”荀燕笑着挠挠头，“寺卿还要我转告你，勤奋是好事，切不要过度操劳，伤了身子。”

你拿起一张仔细瞧瞧，入眼是端端正正的关于疯人记载，都是些疑似命定者之人，宣纸上散发着淡淡的新墨香，纸上遍布誉知行苍劲的笔迹，替你将疑点全标出来，还详细写上了自己的推测。

短短两日，他是如何从浩如烟海的记录中摘出的？！

“这……”你只觉得这文书值千金，沉甸甸地压手，“我得好好感谢他才行。”

见你放下文书要往外走，荀燕连忙拦住你：“哎，不能去！寺卿……寺卿正休息呢，不方便打扰。”

“休息？”你心中生疑，“可按着平日的作息，他早就起床了……莫非这两日他都不眠不休？！”

荀燕支支吾吾：“这个……寺卿他平日认真起来就废寝忘食，劝也不听，他说休息休息就好，你不用担心。”

你点点头，支开荀燕，无论如何也静不下心来。无端想象起誉知行削瘦的身影来，他会不会也曾伏案到天明？在浩瀚的案宗海里，耐心地将这一张一张可疑的个例挑出，他是否会皱一皱眉头？或依旧毫无波澜？

你很辛苦，但永远有人比你更辛苦。

虽说不应打扰他歇息，但不带着谢礼过去瞧瞧，实在不是你的性格。

要送什么礼物呢？你忽然想起，其实自己也并不是很了解寺卿，更不明白你有什么值得他如此悉心对待的地方。

反复想到的也只有那日的糕点而已。

你甜言蜜语地缠了后厨大娘半天，哄得她笑个不住，耐心将制作糕饼的方法教给你。忙碌了整天，你终于小心翼翼捧着盒子走出后厨，直奔寺卿房去，在夜色里敲敲门：“寺卿？”

房内片刻寂静，随后点起灯盏，男子轻轻的咳嗽响了几声，平静道：“可是公文有误？”

这咳嗽时断时续，像是染了风寒，你心中担忧，连忙答：“不是不是，我做了些糕点作谢礼，寺卿方便开门吗？”

“嗯。”

听清回应，你推门步入。屋内灯烛温柔，誉知行披着一袭漆黑官袍坐在床边，内着洁白单衣，黑袍上金纹熠熠生辉。他似乎正在歇息，听你来，便随意披了件外袍坐起。

烛光勾勒出他苍白的脸庞，你关好门，端着食盒过去，看清他额上凝起的冷汗，不禁心中一惊：“是风寒吗？”

“无妨，旧疾发作，过些时辰就好了，不必担心。”誉知行轻声答，“这是你做的？”

“是啊。”你笑着点点头，打开食盒递过去，“我还不太会用你们这儿的炊具……但这几块已经是最好的了！”

誉知行将食盒放在腿上，揭开盖，见里面几块糕饼金黄酥脆，撒了芝麻，他轻轻一笑：“还记得这糕点是谁教你的吗？”

“记得呀，就今天，你们后厨大娘人可好了。”你眨眨眼，随意坐在他身旁。

吃过糕点，你叮嘱他继续好好歇着，出屋直奔你的桌案，挑灯翻阅公文，可惜这么一大摞中也没有符合的命定者。但你已不畏惧，在这陌生的书中世界，始终有人与你并肩前行。

几日后，誉知行身子好转，立刻派荀燕送来了第二批公文。你惊叹他的效率之余，不禁再次担心起他的身体，送回几个疑似命定者的公文等他推测真伪的同时，你想了想，在纸上附了个哭脸，提笔写“来日方长”。

隔日他派人送来回复，却将你画的哭脸唇角往上一挑，变成了笑脸，并附道“时不我待”。

你们各自忙着，不能每天见面，却在书信里默契配合。命定者之事虽无进展，住在大理寺这些时日，你的心态却由焦急一日日变得放松起来，有闲心去四处转转了。

要去哪儿？

A 元夜出游
跳转9（39页）

B 大理寺牢狱
跳转6（33页）

C 长公主之邀
跳转13（46页）

6

誉知行外出收押疯人去了，听说半路被暴雨所拦，今日才回京。

清晨有雨，你撑伞出寺，却见主道熙熙攘攘，几乎要将你的伞挤落在地。这些男女老少挤在道两旁议论不休，你仔细听，都是关于大理寺的。

“听说那病阎王平安无事回来了！”

你松了口气，却又听有人愤慨：“真是恶人留千年！苍天不长眼，怎能让这种酷吏活下来？”

“你们听说没有？这次的疯人都是清醒的，根本不发作，也被那酷吏统统给捉了去。”

你皱了皱眉，忽然有人指向远处，原来是大理寺车队冒雨从城门外进来了，雨雾蒙蒙间，你在领头位置寻到了誉知行。

他此番出行匆忙，未带马车，只打马在前，雨水浇湿了黑衣金纹，官帽下长发微微贴在他苍白的脸上。虽淋雨，却并不狼狈，打马在满街唾骂声中，有下属为他愤慨，有官差为他皱眉，唯独他本人最平静，唇边弧度凉薄。

你将手伸出伞外，雨下大了，冰冷的雨点砸落在手心上。

他身子本就病弱，再淋一场雨，岂不是要旧疾复发？你已见过多次他旧疾发作的模样，卧床难动，冷汗直冒，每次都要喝许多苦药才缓缓好转。

跳转7（34页）

7

你快步朝着大理寺的押送队走去，不顾四下众多诧异的目光，微微一扬伞沿，抬头对他微笑："给。"

誉知行垂目朝你望来，波澜不惊的眼中微微透出意外，勒马停顿，车队立刻也停在雨中。你心道不妙，忐忑道："我……我知道我不该冲撞你的车队，只是看你淋雨，就……伞给你，我马上就走。"

你在众目睽睽下恨不得钻到地下。再抬头，却望见誉知行眼中浮出淡淡的笑意。大雨仍下个不停，眼前却已拨云见月，他的双眸便是那轮温柔的明月："有心了。"

他在马上朝你伸手："来。"

你愣愣伸手，与他十指相扣，整个人忽地一轻，已被他揽入怀中，靠在他的胸膛，坐在马前。马儿见你，亲热地打起响鼻来，你听见耳畔轻轻一声"撑伞"，连忙撑开油纸伞举起。

"这样……你有没有好些？"你小声问。

"嗯。"誉知行手中缰绳一抖，领着车队向大理寺牢狱而去。听着百姓的骂声，你皱了皱眉，撑着伞东张西望，却又被他出声淡淡制止："你只看着本官，听着本官说话就好。"

议论声如潮水，原来这些年他一直是这么过来的，你叹了口气："天下人都说你是酷吏，为什么他们不明白，真正的持刀人是朝廷呢？"

"酷吏就酷吏吧。"

他神情平静："除了污言秽语那部分，他们所说皆属实，我亲手做了那些事，总该纵容他们嘴上泄泄愤。"

"可是……"你心有不甘，被他轻描淡写打断："水能载舟，亦能覆舟，这无处发泄的民意就像洪水，总要有个出口。恶人，总要有人来当。你忽然闯进队伍，容易受伤，以后不要做这种事了。"

“对不起，我见你淋雨，怕你旧疾复发，没想太多。”你垂了垂眼，低落之中伞面微斜，却又被他轻轻伸手，与你同撑，稳稳立在你们头顶：“你一番心意，本官不会责怪你。”

“他们如何骂我，本官都不在意，可他们如何说你，本官很介意。”低音贴近你耳侧响起，“不要离我太近，枉受牵连。”

你心中微动，出声道：“我不怕这些。”

誉知行沉默半晌。

雨声与满街议论声仿佛都被推到极远的地方，你只听清那轻轻一声：“可我会怕。”

跳转8（36页）

8

差人们从囚车里押出那些疯人，向大牢走去。围观的百姓追不到这里来，怏怏散去，而你因身份特殊，远远撑伞站在旁边。

那些疯人，男女老幼皆有，啼哭伴着雨声响个不停，看起来和普通百姓无异。你于心不忍，要挪开目光，却见有个囚犯强行挣脱差人，踏着雨水快步朝誉知行跑去，你惊呼出声，誉知行表情如常，几个差人怒喝“大胆”，将其按倒在泥泞里。

“誉知行！是我帮你捉到这些疯人！你收了我的信居然翻脸不认人！”那人歇斯底里大吼。

誉知行神情凉薄，眼神淡漠：“你出卖同胞，本就不值得本官信任。”

那人被差人强行拖走。

你心中疑惑，却也不好出声细问，只好静静看完了全程，又随队伍回到大理寺内。刚沐浴洗去一身雨水，便听荀燕传话，寺卿在书房邀你一见。

这才刚回来不久，怎么这样急，难道其他命定者找到了？

你疑惑步入书房，见誉知行已换了身干净的常服，正站在桌案前，凝神望着手中一幅字。你好奇过去，忽然大惊失色，想把字抢回来：“寺卿你……你从哪儿翻出来的？！”

这不正是你初来乍到时模仿他写的那些丑字？！

见你伸手抢，誉知行轻描淡写地将宣纸一抬，向后挪了半步，你重心不稳，险些栽倒在他怀里，被他伸手扶稳，淡淡问道：“荀燕在案宗阁里发现的，怎么这样激动？”

字的正主就在眼前，看着自己歪歪扭扭的临摹，不激动才怪。

你咳了声：“你想要，我练完再重写给你。”

“这字运笔虽涩，但难得专注，也值得珍藏。”誉知行信手将字在抽屉里放好，“本官今日邀你来，正是为了这些字。”

“寺卿要教我练字？”

誉知行问：“你来大理寺已久，可听说过江东客？”

民间有人说他是无名大侠，有人说他是某个路见不平的大理寺小吏……众说纷纭，只因此人这三年来的所作所为。

此人落款“江东客”，每次大理寺奉旨捉拿那些尚可保持理智的疯人，他便提前修书一封寄去，每每都使得疯人们转移阵地，无处捉拿。大理寺将此人视为头号通缉犯，奈何连画像都没有，无从追寻。

“这些清醒的疯人常常结伴藏身，而今日乞求本官那人，他明明收到江东客的来信，却并不提醒据点的其他同伴撤离，他受够了流亡的日子，将信交给本官，出卖同伴，以此求荣。”

原来如此！

“虽说我能理解流离之苦……可这人居然用这么多性命来换自己自由，实在是小人所为！”你皱了皱眉，愤愤出声。

胡乱袭击人自然应捉拿归案，可雨中那些清醒的穿越者让你想起自己。他们明明只是被时空裂隙吸入这里，孤苦无依，却要落得如此凄惨的结局，藏起苟活，还要被同伴出卖。

说罢才惊觉立场不对，你抬起头，却见他眼里含笑：“不必在意，本官恰恰希望你遇事能仗义敢言，而不是因怯懦而沉默。”

他铺开那封江东客的信，提笔蘸墨在另一张宣纸上书写着，你凑过去瞧，不禁惊呼：“好像啊！”

江东客的笔迹用词，如江南远春。而寺卿提笔落字，竟也洗去了原本笔迹中的苍劲，将它浇化成依依的柳。

“你若想练字，便先临摹这位江东客的字迹吧。”

你疑惑问：“为什么？”

“或许日后用得上。”

莫非是为了逮捕那位江东客？可他本人已模仿得惟妙惟肖，何须你再学？你有满腹疑惑，奈何对方并不答，你只好也蘸墨模仿起江东客的字来。

描了几遍，不大满意。你正苦苦思索，忽然一只泛白却有力的手伸来，将你执笔的手轻轻握住，誉知行用胳膊环着你，专心垂目，带着你的手缓缓运笔，宣纸上也化开温柔的墨色。

轻轻的呼吸声在耳侧响起，书房内静得能听见彼此的心跳，你眼前有字，心却早不在字上。

你恍惚回神，竟不知何时已写好一首《凤求凰》。

有美一人兮，见之不忘。一日不见兮，思之如狂。

凤飞翱翔兮，四海求凰。无奈佳人兮，不在东墙。

跳回5（32页）重新选择

9

眼看便到了一年一度的元夜。

如此盛会，连誉知行都难得外出了，岂有不去之理？你正往寺外去，忽然被气喘吁吁的荀燕拦下："小妹！"

你疑惑回头，见他捧着几支烟花筒塞到你手里："寺卿交代过，你出去不安全，这些是寺里专用的烟花，你遇见危险就放一支，兄弟们就能立刻赶来。"

"好，谢谢你。"

你接过烟花筒，听他问："要去哪儿玩？"

你笑着想想："先去东西集市瞧瞧，听说银玉楼的糕点味道不错，也想去尝……反正好多要去的地方，小燕你要和我一起吗？"

"哎，不了不了。"荀燕忙夸张地摆摆手，古怪一笑，"陪小妹单独出去玩儿容易，回来面对寺卿那冷冷的眼神儿可不容易。我还有事……小妹你快去吧。"

你高高兴兴地走进亮如白昼的连天花灯中，先动身往夜市去，琳琅珠钗，酥皮小吃，逛了一大圈，你挤在人潮中，左手捧着许多给大理寺差人们的礼物，右手拿着串糖葫芦，边走边吃。

接下来还要去哪儿呢？

正思索着，隐隐感觉背后有目光注视过来，你回头望去，什么也没发现。你心中疑惑，当是错觉，大步朝前去，眼看到了银玉楼门口，不料游人熙攘，小二说里面人满为患，需在外等一会儿。

挤都挤过来了，自然要等等看，还可以打包回去给寺卿尝尝。

对面有戏台子，不少食客都坐在台子前看戏。你见伶人水袖扬得漫天，来了兴致，也挑位置坐下，跟着叫好。

不知看了多久，有个汉子要挤过来坐在你旁边，你给他挪了挪地儿，无意一瞥，却见那汉子面色阴沉，手中寒光隐隐若现。

是匕首？！

你猛地站起，那汉子一声不响将匕首藏了藏，对你冷冷地笑，好似看笼中小雀。你警惕地缓缓从座席退开，环顾四周，敏锐地察觉到四周的杀意。刺客们伪装成寻常摊贩游人，袖中藏刀，步伐整齐地穿越人群朝你围来。

你来不及去想他们的动机，拔腿朝包围圈缺口跑去，后方那歹徒追来，你毫不犹豫抛下手里的东西，捡出一颗果子重重朝他面门抛去，歹徒没料到你敢反抗，“哎哟”捂着面门，匕首“当啷”落地。

四周人群惊呼：“杀人啦——”

其他歹徒见杀机败露，纷纷亮出凶器朝你追来！你惊恐回头，那些亡命徒竟不顾路人性命，随意行凶，逼开挡路者！

眼前有两条路，一条通往人少小巷，一条则是游人如织的大道。

若前往小巷，没了人群掩护，恐怕凶多吉少；可若直奔游人而去，怕是会在这喜气洋洋的日子徒增亡魂……

A 小巷
跳转10（41页）

B 大道
跳转11（43页）

10

你朝小巷深处跑去，气喘吁吁地从衣襟里摸出烟花筒和火折子，却发现怎么都点不燃，这烟花筒竟早就受潮了！听着后方歹徒的脚步声传来，你心中焦急，奋力掀倒杂物挡路，继续逃命。

哗啦——

后方响起栽倒与怒骂声。

你被眼前雪亮的刀锋惊得心寒，前方竟还有十余杀手等着你！

“在我死前可否告知一声，是什么人非要置我于死地？”你扬声问道。

事已至此，你不打算求饶，这态度出乎杀手的意料，他们彼此对视，狞笑起来：“安心领死，哪来这么多废话！”

歹徒们从四方夹击，步步逼近了，你急忙拔出头发上的簪子，瞄准了其中一人的喉咙，想着死也要拉个垫背的。正要动手，耳畔忽然传来男子淡漠的嗓音：“当心。”

听得衣袍猎猎作响，银白身影自檐上跃下，落在你眼前。面对四面涌来的杀机，他眼神微冷，利落出手，长剑与众多宽刀相撞，深巷里打斗声响个不住。你终于看清来者俊秀的脸庞，惊讶出声：“寺卿？”

见惯他穿漆黑官袍的模样，此时忽然换了银白常服，只听声音熟悉，竟没认出来。

许多亡命徒有些退缩，又被领头者出声鼓舞：“这病阎王就是个废人！单枪匹马，怕他作甚！”

誉知行伸手一揽，将你紧紧护在自己身后，手中剑花如午夜白梅乍现，挥舞间竟倒了一地尸体。那为首的亡命徒腿一软倒地，惊恐退后：“不，不可能……半入土的病秧子……”

誉知行眼中锋芒不掩，淡淡出声："何人派你们来的？"

亡命徒张了张口，竟七窍流血，倒地不起了。

"看来此人在舌下藏好了毒包。"誉知行冷漠瞥一眼那人，转而望向你，"有没有受伤？"

你摇摇头，见他点起烟花通知差人来收尸。姹紫嫣红的京城烟火中，这烟花格外别致显眼。见你盯着出神，他将手中剩下的烟花筒递来，轻声道："你手中的烟花呢？为什么不点燃烟花？"

"我这里有，可是……"你拿出这些受潮的烟花筒，"都受潮了，点不起来。"

"这些烟花平日都放在火药库，丝毫不沾雪水，怎会受潮？"誉知行微微皱眉，"这烟花是谁给你的？"

跳转12（44页）

11

在百姓的惨叫与惊呼中，你匆匆挤入人群，后方的歹徒们杀出一条血路，不杀你誓不罢休，终于引来了巡夜的侍卫。你气喘吁吁，放慢脚步，未注意到旁边僻静的巷口。

有人将你一把拽入小巷，匕首刺入了你的喉咙。

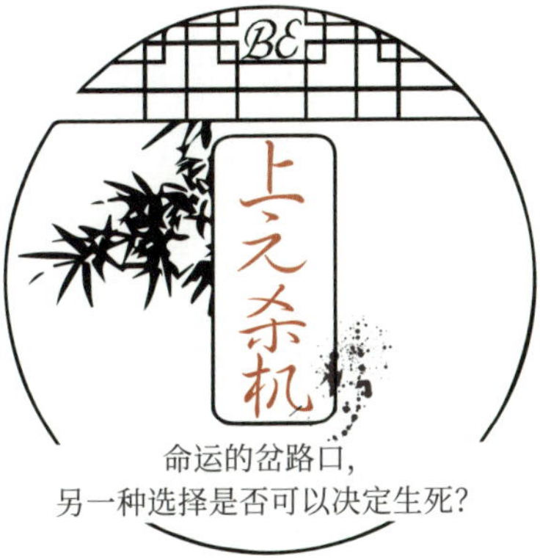

跳转9（40页）

12

此事疑点众多，水落石出前，任何人都是嫌疑犯。

“是荀燕给的。”你将实情道来，“若他不是故意，寺卿也不要罚他太重了。”

“嗯。”誉知行微微点头，“此事蹊跷，本官会好好调查一番。抱歉，难得元夜，让你受惊了。”

随寺卿迈出小巷，望着主道上灯火融融，看着人群熙攘，你心中最后的恐惧也被这份热闹冲散。再看穿银色常服的誉知行，毫无病阎王的阴森凉薄，好似个翩翩佳公子，再漂亮的灯花也盖不住他眉眼的清俊。

“本官脸上有什么？”

“没有没有。”你着实被惊艳了一把，笑道，“就是觉得好看，要是寺卿能天天这么穿就好了。”

“还不到脱下官袍的时候。”他望着热闹的人群，顿了顿道，“本官见过世道最乱的模样，见过无数流离失所家破人亡都不曾惧怕，唯独惧怕眼前这美满的一幕被铁蹄踏碎，被鲜血染红。”

他语气淡淡，看似凉薄，却用最平静的语调说着最怜悯的话。

“一开始只觉得寺卿冷漠，接触久了，原来寺卿有这样赤诚的一颗心。”你轻轻地笑，“天下难得无价宝，只可惜……迟迟无人发现。”

誉知行眼神认真：“天下太大，世人太多，被你一人发现，不多不少。”

你心头微热，元旦沁凉的雪风也热闹了几分，与他并肩望着往来人潮，遥望那些笑着的脸庞。你不禁喃喃出声：“不知今夜，我能与谁共团圆……”

“不妨，”誉知行轻声答，“与本官共团圆。”

你心思微动，朝他望去，见他瞳孔里倒映着温柔的五色烟火，表情如常，眸中淡淡，耳根却微微泛起红晕。

跳回5（32页）重新选择

13

秋意渐渐褪去，大理寺内转眼已落满枯叶，即使扫过一夜依旧铺满院内。你收到了柳儿的来信，信中说她在村中安身，爹娘健在，家境殷实，还邀你改日共赏雪景。

你心中欢喜，无心翻阅案宗，欢快地步出院门，却听荀燕蹲在那边唉声叹气。你好奇走过去："你怎么啦？"

"还不是因为这封长公主来信！"荀燕晃晃手里华贵的信笺，活像被人打了一棍，"真要命，先前长公主离京出游去了，寺卿也好不容易清闲了一段时日，没想到这祖宗这么快回来了……"

长公主？这位长公主是先帝的皇妹，连国师都要让她几分，曾听差人提过，说长公主在宴会对寺卿一见倾心，时常缠着寺卿，搞得大理寺里鸡飞狗跳的。

"怪我今天出去早，刚踏出去，就和送信的太监撞了个正着。"荀燕没精打采道，"送吧……容易被寺卿那冷漠的眼神冻死，可这不送怕是要被长公主直接杖毙。"

你"扑哧"一笑："他哪有你说的那么可怕？他挺爱笑的啊。"

"那是对小妹你一人，我可没见寺卿对其他人笑过。"

这话听得你不好意思，轻咳道："我刚巧要去寻寺卿，我替你送给他？"

"好啊！"

荀燕把信笺往你手上一拍，拔腿跑了。

你朝寺卿房内走去，心不在焉，原来寺卿并不是对每个人都如此……可你又有何德何能得他如此厚待呢？从你答应住在大理寺起，寺卿对你便十分有耐心，有时真让你错以为你们曾经相识。要知道，对方可是凉薄淡漠的病阎王。

世上真的有无缘无故的好感吗？

“寺卿？”房门半掩，你随意敲敲门，探头望去，誉知行正伏案翻阅案宗。见你来，他抬头微微一笑：“怎么了？”

“柳儿邀我去临江探望她，顺带带我游玩，寺卿若无要事，要同去看看那里的景色吗？”

“好。”誉知行温声道，“你对临江，果然还有特殊的感情。”

“特殊的感情？可我不曾去……”你眨眨眼，想起手头还有这封贵重的信，连忙递给他，“对了，长公主派人捎来的，是不是有要事？”

听闻“长公主”，誉知行的笑意顿时散了，他接过信笺，却并不急着拆开，低声道：“只怕不会有重要的事。”

不重要，怎么千里迢迢寄来？

见你疑惑，他将这信笺拆开，原来公主已近京城，正在临江附近歇息，想要寺卿领人前去接风洗尘，顺路同赏美景。你看着桌案上成山的案宗，轻声道：“这么多工作……”

誉知行语气毫无波澜：“若本官婉拒，公主怕是要直接修书一封给陛下，要陛下给本官降旨随行。”这位长公主怕是已做过多次这样的事。

“恰好你那位朋友也在临江，不妨随本官同去？”

“长公主之邀，我这外人……”

“无妨。”誉知行淡淡道，“奉旨护送而已，带什么人，本官还是可以做主的。”

隔日大早，你见大理寺队伍已候在正门外，荀燕正朝你挥手，连忙捧着行李小跑过去。

“小妹，一路风寒，你先上寺卿的马车吧！”荀燕接过行李，你道了声谢上车，见誉知行平静地坐在对面：“怎么带了这么多东西？”

“都是些衣物和药。”你不好意思地笑，“我还带了糕点，寺卿可要尝……”

话未说完，眼前多了盒雪白的糕点，玉盒剔透，被一只同样苍白修长的手捧着，如寒梅映雪。你惊喜拿起，口感软糯，誉知行则拿着食盒，淡淡一笑：“本官已让人备好了。”

“我们真是总想到一块儿去。”你笑道。

誉知行亦不否认：“这便是，心有灵犀吧。”

这次出行无须押解囚犯，显得轻松许多，颇有几分出游之乐。至临江远郊，恰是空山新雨后，天气晚来秋，你欣喜地下了马车，望向远山，深深吸了一口沁凉的雨气。

那远山……

忽然间天旋地转，熟悉的画面感再次涌出。

“寺卿，若拿某个人当作亲人看待，时日久了，再多的感情也变成了亲情，仅此而已，终究无法称为男女之爱。”

当时同样是誉知行在你身侧，目送你向山中远去，山中冥冥自有另一个气度深不可测之人等你归家……你一心牵挂那人，不曾留恋身后寺卿微垂的目光。

仿佛前尘。

可……你何时来过这里？那人又是谁？

周围差人惊呼“姑娘”“小妹”，原来方才险些昏倒，幸好寺卿抱住了你。你慢慢睁眼，与他那双满是担忧的双目对视，听他低声开口：“前尘往事……忘了便忘了。”

你揉着额头慢慢起身，却听见远处仪仗队行进声，公主一行到了。誉知行不易察觉地稍稍叹气，命差人迎接，自己则上前对轿子行礼："长公主。"

你连忙跟着行礼，偷偷抬头瞧着，见轿子上缓步下来一个华服美人，环顾四周，道了一声"免礼"。誉知行抬起头来，正迎上长公主的微笑："本宫就说你会来。"

誉知行依旧不卑不亢："下官这就护送公主回京。"

"急什么，听说这临江夜景也不错，本宫想再留一夜瞧瞧。"长公主丝毫不介意他话语里的凉薄，悠悠笑着，忽然瞧见你，"听说有个青梅竹马来投奔誉大人，想必正是你了？"

"正是。"你点点头。

长公主朝你走来，誉知行正要出声，被她抬手拦下："瞧大人急的，本宫又不会吃了她，只是问她个问题。"

"小姑娘，你和誉大人只是邻家住过几年，还是自幼定下过娃娃亲的？"

誉知行闻言微愣。

跳转14（50页）

14

你抬头与长公主对视，旁边有宫女急了，正要开口呵斥，被病阎王冷漠的眼神惊得迟疑，不敢上前阻拦。

“我与知行，自幼定下过娃娃亲。”你眼神认真，平静回答，语气不容置疑，仿佛本该就是如此。

你也说不清自己为何非要如此回答，分明可以糊弄过去的问题，你却非要迎难而上。或许是这位长公主对誉知行呼之即来的态度，还因一己私欲耽搁了大理寺……总之，这些都让你不快。

你更没料到长公主接下来的问话：“那本宫出多少银子，可以让你家解除婚约？千金可够？”

她斜睨着你，傲慢得纯粹，好似瞥见一株随处可见的可怜小草，以她的身份，自幼要什么有什么，天下都在天家股掌间，唯独那些不曾屈从的、得不到的人，才独独引起她的兴趣。

你哑口无言，坚定摇头。

“誉大人这小妹，性子倒是和大人一模一样。”长公主笑道。

誉知行并不言语。

见誉知行态度冷淡，长公主不再继续为难你，却要骑马与他并行，同游临江，分明还是要耍威风给你看。你心知肚明，表面毫无波澜。

“知行，你和公主先去吧，正巧我朋友在附近的村庄，我去探望朋友。”你笑盈盈道。

“好。”誉知行并未反对，微微点头，“注意安全，我让荀燕护送你去，我的马，你也带去吧。”

你骑上寺卿的烈马，抚抚马头，勒缰与荀燕朝远处去。风中隐隐传来长公主不悦的声音："本宫记得大人这马性子烈，不许他人骑的，怎么忽然改了性子？"

随后是寺卿淡淡的嗓音："她与外人不同。"

你打马在前，越来越快。

"小妹，等等我哎！"荀燕骑马追在后，"我知道你心里不痛快，你放心吧，寺卿他不会背叛你的。"

你放缓速度，低声道："什么背叛？"

"你们女儿家就是，越说不在乎就越在乎。"荀燕大咧咧地笑起来，指向不远处的溪边，"小妹，你看！"

你闻言勒马，见清清溪水倒映环山，烟色空蒙，岸边却立着半块被人击碎的残碑。你凝神望去，看清"烈女碑"三个字。

荀燕笑："给你讲讲寺卿以前办案的故事吧！"

原来寺卿曾带人路过，正巧解决了一桩残忍的碎尸案：当时有新妇丧夫，自缢殉情，传为佳话，遂立了这碑。新妇的弟弟却入室剁碎了姐姐的公婆，经寺卿调查，原来内幕是婆家逼新妇自杀，让她黄泉下陪伴郎君。

"那弟弟……莫非是为了复仇？"你惊呼问，"那寺卿是如何判决的？"

"是啊，小伙子年轻气盛。"荀燕故作高深地顿了顿，"还能怎么判？杀人偿命，自然押回去斩了！可怜姐弟俩命丧黄泉，家中只有个王氏老母……"

"后来寺卿亲自来这烈女碑前，看都没看，直接命人砸了。"

你惊讶地看着破碎的石碑："他砸了，就不怕百姓闹事？"

"咱寺卿绰号叫什么？"

你愣了下，释然一笑："也对……病阎王。"

“愚民哭啊闹啊，寺卿只说了一句话。”荀燕有模有样地学寺卿说话时的淡漠神情，“这碑不砸，日后还会有无数女子自愿或被迫，效仿着争当烈女。”

你被他逗得扑哧一笑。

在“贞节”二字压死无数女人的古代，他能有这般开明的想法，何其珍贵。

说着笑着，你心情好转许多。到柳儿家，好友重逢格外欣喜，你与柳儿畅聊了整整一日，眼看夜幕降临，又牵着手相伴去赏月。此间明月静谧，空中星光点点。

荀燕被你们晾在远处，幽幽地喂马。

柳儿与你席地而坐，她已注意荀燕很久了，悄悄问你：“怎么还有个大理寺的官爷跟你来啊？怪吓人的。”

你笑道：“他就是护送我而已，你别害怕。”

话音刚落，你惊觉失言，柳儿笑得古怪：“出来玩儿还派人护送你，是哪位寺丞？还是寺正？总不会是少卿吧！”

少卿都震惊成这样，若告诉她是寺卿，这丫头会不会昏过去？你支支吾吾：“反正不是郎君……你看，他都不在我身边。”

郎君的话，他怎么能在朗朗月色里陪公主同游？不对，这想法简直无理取闹，可是……石子投湖，涟漪泛起，再抚不平。

柳儿却惊恐地睁大了眼，抬头盯着你身后。誉知行嗓音随后响起，语调清润：“若本官在你身边……便是你的郎君了？”明月融融，那个瘦削而俊秀的身影披一袭漆黑官袍，站在星与月间，眉眼含笑。

方才的话全被他听去了！

柳儿没想到“郎君”会是病阎王本尊，她慌慌张张起身，既畏惧病阎王，又怕扰了你们，匆忙告辞。誉知行淡淡叫住她：“你村中可有一位前年丧子的王大娘？替本官把这几两银子转交给她，若有什么难处，可给本官写信。”

说罢，誉知行在你身旁坐下。

你脸上滚烫，偷偷看他，见皎皎月色勾勒出他的侧脸，温润如玉，洁白如雪，他神色平淡，耳朵却微微泛红。

谁也没有说话，谁也不需要说话，此间躁动的只有那些星光。

“你……真的很好。”你想了很久，轻轻开口打破静谧，“可惜只有我看见，除了我，这里还有其他人真心实意对你好过吗？”

“有。”誉知行想了一会儿，缓缓开口，“当初我流落山中，身受箭伤，险些死去，被素不相识的樵夫所救，才活下来。”

山中，箭伤，樵夫。

与卡牌内容……如此相似！

你猛抬头，愣愣看他，誉知行却无知无觉：“后来他不慎失足摔落悬崖，我便埋葬了他，走出山林，遇到一个同样失忆的姑娘……”

“你……”剩下的话，你却已无暇去听，“你就是我的命定者，对不对？”

誉知行停下话语，静静望着你。

你紧紧抓住他的胳膊：“难道你不想回去吗？回到你的历史去……只要你开口，我可以帮你找回记忆。”

誉知行挪开目光，望着那星光，淡淡开口：“我是你的第一个命定者吗？”

你没想到会是这句话，愣了愣，轻声答：“我不确定。”

察觉你的低落，誉知行嗓音放缓：“在一切没有尘埃落定之前，本官会遵守约定保护你，直到你无须再找其他命定者。”

“我身边……是万丈狂澜，深不见底。”他望向明月，淡淡出声，“若我有朝一日倒下，你要走得远远的，切不要离我太近，免得被这朝廷暗涌的风暴卷入其中，不得脱身。”

书页辗转，红尘反复，许多事早已被你遗忘，那些苦苦想要抓住的，如水中月一碰就碎，那些已经抓住的，却轻描淡写地再次将你推远。

没关系。

你也望向明月，坚定出声：“你也是我的命定者，我不害怕这些风暴，若有朝一日你倒下，却将我远远推开，我必定跋山涉水，也要重新找到你。我相信你我之间，一定会有最好的结局。”

跳转15（55页）

15

元旦刚过不久，寺卿的病愈发严重了，平日里书卷案宗不离手的人，竟不得不整日卧床歇息。多半是因护送公主那一趟，受凉发作了。

连续几日，寺卿都不曾醒过。

打听了一切医治的方法都无济于事，你正心急如焚，长公主的邀约却随信送来大理寺内，邀你来公主府商量寺卿的事。

你即刻动身前往公主府，不料长公主提出了奇怪的条件："本宫为寺卿求得了一份救命药方，只不过，需要特殊命格的人采摘药草，本宫要你亲自去雪山采摘回来救他。"

在长公主紧盯的眼光下，你明白了。药方真假未知，想让你死在雪山，却是再真切不过了。

辞别长公主后，你心中很乱。

那山因风雪凶险而出名，山下堆满了可怜人的白骨，换句话说，倘若有人要做什么，易如反掌。可若不去……万一那药方是寺卿最后的希望呢?

有勇无谋乃大忌，除寺卿之外，荀燕是最值得信任的人了。眼下寺卿迟迟不见转醒之意，你决定去找荀燕护卫你前往。

跳转16（56页）

16

你找荀燕商量的时候，见他一改往日的嬉皮笑脸，正独自愣神，你忽然开口，竟吓了他一跳。

奇怪，荀燕何时这么胆小了？大抵是因为担心自家寺卿吧。你尽量用轻松的语气说清原委，并向他打听山中之事。荀燕听完，擦了擦冷汗："这、这……的确听说山里有草药，但那山中也藏着人，大抵是那些疯人，寺卿醒来不见你必定要治我的罪，我护卫你去。"

你十分感动："你舍命陪我，等寺卿醒来，这次的功劳分你一半！"

苍山负雪，行路茫茫，寒风彻骨，掀起冬裘。

无际的大雪山伫立在白皑皑的天地，狂雪吹得人睁不开眼。

不知前行了多久，你在厚雪中竟瞥见许多杂乱的脚印，心中一惊：莫非这里果真窝藏着疯人？！

"荀燕，你看——"你在风里抬手一指，后方却迟迟未传来回音，你疑惑回头，见荀燕不知何时竟被你甩下一大截。他远远驻马不前，在茫茫的天地间朝你拉弓。

怎么回事？他要杀你？！

风雪猎猎吹起他的袖子，半截手臂上寸寸攀着漆黑的诡异纹路，你无暇细想，惊骇下猛刺马腹朝深山逃去。肩膀随后一痛，是锋利的箭矢擦肩而过，你又急又怒，正要从行囊中抽出武器，忽然见四下人影涌动。

是那些疯人！

一声"放"，流箭如雨点铺天盖地掠来，你在惊惶中驭马疾行，幸好马儿久经沙场，早已擅长躲避箭雨。身后追杀你的荀燕却没那么幸运，发出惨叫，怕是凶多吉少了。

冬裘在逃命中不慎丢失，你的手几乎冻得要握不住马缰，却仍咬牙猛刺马腹向前，再向前。后方杀声终于淡了，还没等你松口气，忽然又听上方轰隆如雷鸣，骇然抬头，雪倾万片，如翻涌云浪，朝你压来。

是雪崩！

你脑海如雪山般空白，在最后关头紧紧抱住了身下的马儿，口中喃喃着“对不起”，脑袋里想的却是在你离开后，长公主会不会遵守约定？

冥冥中，你竟听见了寺卿的声音。

A 幻觉
跳转17（58页）

B 雪崩里的呼唤声
跳转18（59页）

17

你知道，这是你最后的幻觉，你最后纵然望穿目光却再望不见的那个人，你一念间期盼了无数次，却又根本不会发生的奇迹。

若重来一次，奇迹……真的会发生吗？

暴雪迅速地淹没了你。

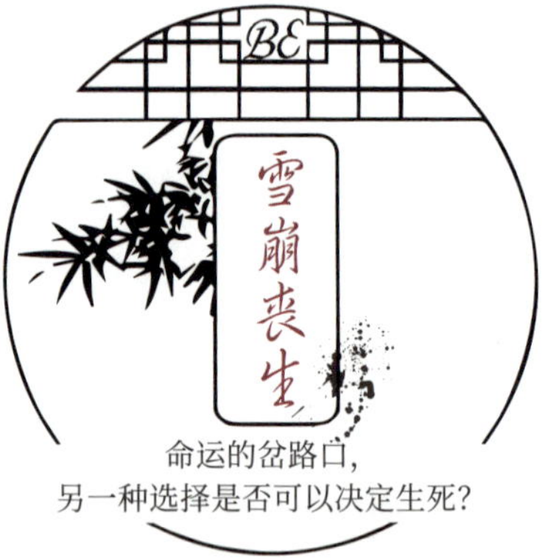

跳转16（57页）

18

“小心！”

你重重跌入那并不温暖的怀抱，再睁开紧闭的眼，誉知行护着你，强忍砸在他身上的雪块雪粉，朝附近某个不起眼的雪洞掠去。

他的脸格外苍白，唇边的血妖艳得像雪里绽放的红梅花。

你们重重栽倒在幽暗的山洞里，洞口传来轰隆隆的巨响，积雪迅速堆满，雪粉迎面扑来，他将你紧紧拥入怀中。将头埋在他的胸膛，听清心跳那一刻，你忽然清醒：“寺卿？！”

“是我，不要怕。”

不知过了多久，雪崩引起的地动山摇终于停歇，你惊魂甫定抬起头，却见洞口已然被积雪封住了，只从细微的缝隙中窥见几缕天光。

“有没有哪里受伤？”誉知行嗓音极轻，语气第一次如此急促，“给我看看。”

“手指没有知觉……”

冻僵的手指被男子的掌心包住，逐渐暖和了些。誉知行轻声道：“本官答应苏相卿，说好了保护你，此行凶多吉少，为何要冒险？”

“我不要做那个只会被保护的人，我也要保护你，所以明知是死局，我也要来。”你的语气轻缓而坚定，“我要证明我值得被你喜欢。”

誉知行拥紧了你。

“你早已证明过，你曾去过临江镇，遇见过本官……可当时你的目光，始终望着苏相卿，你还对本官说，你对本官的感情只停留在亲人而已。”

熟悉的感觉再次涌上心头，冥冥中，你曾往来于青山与临江镇之间，下山之际，总能遇到那位淡漠却暗藏心事的病阎王，于是你常常笑着与他聊天，将他从执着记忆的深渊中慢慢拽出来。

莫非……你其实早已穿越来过一回？

誉知行在昏暗里与你相拥："怪本官旧疾发作，查明真相晚了一步，在你说那些烟花是荀燕给你的时候，本官就应料到大理寺的内鬼是他。"

"难怪……那些在银玉楼附近埋伏我的刺客，恐怕也是他做的手脚，究竟是何人命令他做的？"你皱了皱眉。

"恐怕，是一直以来阻止我们寻找命定者的杨夜白。"

听见这名字，你心中微震，听誉知行继续说下去："本官看见你留下的信，又听说是荀燕带你离开，料定他会在此地动手，就赶紧带人一路追来。只是半路被疯人们伏击，本官与他们失散了。"

"失散了？！"你抓紧他的衣襟，"你有没有事？"

额头忽然被轻轻碰了下，如蜻蜓点水，你迟钝地愣了愣，意识到这是一个吻。你小小惊呼，所幸在黑暗里他看不清你红透的脸。

又听誉知行淡淡的笑音响起："幸好，找到你了。"

你忽起心思，悄悄顺着他的胸膛往上摸，指尖抚过喉结，一直摸到他的脸庞，果然也是发热的。你又捏了捏他发热的耳朵，忽然听清男子轻轻的呼气声："你的手在黑暗里如此放肆，乱摸一个男人，会很危险。"

你触电般缩回手："我，我……"

"害怕了？"誉知行在昏暗的光线里注视着你。

你睁大了眼，回想起他每每先脸红的样子，扑哧一笑："寺卿你怎么自己先不好意思了？"

誉知行咳了两声，不说话。

你搓搓冻僵的手，大胆靠在他怀中取暖，誉知行将外袍轻轻解下，盖在你们二人身上，寒冷的雪洞安静下来，两个人的体温使彼此慢慢暖和许多。怕你彻底睡去，誉知行轻轻哼起那些琴谱上的曲子。

“我听他们说，你的琴弹得出神入化？”

“可惜这里没有琴弦。”誉知行淡笑，“你对琴音，了解多少？”

“我只知道古琴有宫商角徵羽。”你不好意思地笑，“听说这些能和天地元素冥冥联系，是真的吗？”

誉知行低音如同哼曲，慢慢将这些念起：“宫属土，商属金，角属木，徵属火，羽属水……哪天你若学会，可以弹给我听。”

洞外隐有说话声。

你们静静屏息，凝神听去，不是大理寺差人的呼喊，而是那些疯人。

洞内空气渐渐稀薄，誉知行拿出一方小小的印章，轻声问：“教你的字，学得如何了？”

“已经学了七八分。”你小声答，“这是谁的印章？”

“是江东客的。”誉知行顿了顿，“也是我的。”

你惊讶地抬头望着他：“你就是……”

“总要有人去做正确的事，一味去站在明面伸张正义，便看不到阳光照不到的地方，涉及不到真正的黑暗。”誉知行语气平静，将印章放在你手中，“若到最后被疯人抓住，你亮出身份，他们便会助你脱离困境。”

一个是屡屡对无辜者施以援手的神秘江东客。

一个是朝廷鹰犬，以凉薄无情闻名的病阎王。

此时此刻竟如此契合，慢慢在你眼前交织成同一人。你终于明白他要你练字的目的，原来他早已料到会有这么一天！

“我一人回去有什么用。”你颤声道，“说好的……我会救你。”

“你拯救过我很多次了。”誉知行嗓音温润，淡笑出声，“大雨中你忽然跑过来，撑着伞朝我微笑的那一刻，我的眼前……乌云荡平，光风霁月。”

“打情骂俏的时辰，总是过得这样快啊。”阴柔的笑音自雪风里响起。

洞口突然被打破，天光从稀薄渐渐变得明媚。

凄惨的光景惊得你倒吸一口凉气。

在黑暗中不曾发现，血迹顺着地面淌开，誉知行坐在洞里，衣发早已在雪崩时被砸得破败不堪，他的左腿以诡异的弧度扭曲着，动弹不得。

寒风凛冽，你发现身上还披着他的外袍，连忙要解下来给他。誉知行却微微摇头，淡淡笑道：“这官袍，许多人都说狰狞可怖，不知为何，你穿着便温和许多。”

阴柔男人站在雪中，正是传说中那国师杨夜白。周围倒了一地残缺的尸体，有大理寺差人，亦有疯人。

屡遭变故，纵然你再麻木，脑海中也嗡一声：“你……杀了他们？”

“你哪只眼睛瞧见是我？”杨夜白慢条斯理笑道，“明明是他们自相残杀，实力不够，统统死在这儿而已，对不对？”

誉知行面无表情：“寻找命定者的人是我，与她无关，是我从长公主那里看到字条，派她来的。”

“真是情深啊。”杨夜白微微叹了口气，“可惜我做事不喜欢留后患，把你们全带回去慢慢处置，不就行了？”

这次真的是末路。

杨夜白笑盈盈地抬手，正要朝你们施法，忽然被雪风里那威严而凄厉的女声拦下："住手！"

杨夜白皱了下眉，叹了口气："见过公主。"

竟是长公主亲自带人骑马赶来，她的华服衣裙被雪吹得狂乱，喘得上气不接下气，怒喝出声："本宫只答应把人引到雪山，没让你连誉大人一起杀！"

"是，臣知罪。"杨夜白优雅一拂袖，行了个礼，"可如果臣说，那位扰乱朝廷办案的江东客，就是誉大人呢？臣恳请将誉大人收押，仔细询问，搜查大理寺，必定能找到江东客的印章。"

马背上的长公主不可置信地望过来："誉大人，你……"

见是你搀扶着誉知行，她眼中的震怒缓缓转为悲伤："你暗疾的药，我找杨国师给你调配，你想要加官晋爵，我也能让陛下给你升官。可你竟为了她拒绝本宫的宴会，不接受本宫的赏赐，遥遥追来这里？"

她不顾诸多外人在场，最关心的竟始终是他的感情："我为你付出甚多，你……从始至终都没有一丝喜欢过我吗？"

随从想出声，被她愠怒拦下："一句虚情假意的安慰也好，你也如此吝啬，这样……都不肯说一句吗！"

杨夜白用看戏的眼神瞧着她。

你心中震撼，这是何等卑微又高傲的感情？如此执着又如此……愚蠢。

"下官与公主并非一路人。"誉知行的回答始终如一，"世上最卑劣的行为便是利用感情来实现目的，下官更不会为一己私欲欺骗公主，枉费公主一番心意。但此事与她无关，求公主放她走。"

"好……"长公主的眼神渐渐绝望，"好！杨夜白，放她走，让她尽情走！"

杨夜白好整以暇地望着你，好似猫捉耗子。

漫天飞雪模糊了你的眼睛，你小心翼翼地松开誉知行，看清他眼里最后的笑意，缓缓退后两步，在杨夜白的笑声里朝山外狂奔，深一脚浅一脚，几乎摔倒。

印章在你手里，只要带着它远走高飞，杨夜白就暂时不会找到杀人的理由！

留下只是无谓的牺牲，要冷静下来……再想办法救寺卿！

不知跑了多久，你摔得满身淤青，在雪里挣扎前行，眼前忽然有个血迹斑斑的人影扑过来，颤声唤你："小妹，别往前走……"

"是你。"你冷冷地望向荀燕，"你还没死？"

"对不起，通风报信的叛徒是我，是我给杨夜白报信，说寺卿从邵府带你出来，还有这次……都是我害的。"荀燕苦笑，抬起手臂上漆黑的文身，"杨夜白在我身上种了慢性毒，若不遵从会毒发身亡，对不起……"

"无论寺卿是否会原谅你，我都不会。"你盯着他，缓缓出声，"若不是看你身中剧毒，我今日就是拼上这条命也要除了你。"

"是我该死，小妹，你千万别往前走，前面有杨夜白的刺客……"

雪中有人影落下，你警惕退后两步，见是个脸上带着刀疤的青年。接着利刃斩来，你却被荀燕手中剑光晃了眼，他竟用尽全力替你挡下刺客的杀招："小妹……快跑啊！"

你心中五味杂陈，来不及愤怒或悲伤，只能朝前继续狂奔。不知又遥遥跑出多远，所有的杀机与喧嚣都被甩在身后，你拖着一身伤重重倒地，不省人事。

附近的一家猎户救了你。

听他娘子说，在雪中发现你时，你的四肢已被严重冻伤，险些永远站不起来，幸亏发现得早。养伤这些天，你终日恍惚，眼前时而是荀燕最后的呼喊，时而是寺卿决绝的笑意。

恍惚几日，你慢慢从迷茫中清醒：要救寺卿，不择手段。

当你下定决心的时候，脑海中却冥冥响起了苏相卿的嗓音：“或许他不希望你回去。”

“他是我的命定者，我要保护他。”你缓缓回答。

“好，我可以用法术助你潜入京城，暂且不会被杨夜白发现。”

这个人，他似乎永远都是从容的。

你将身上大半银子都给了猎户，不顾他们一家劝阻，拖着未愈的伤朝京城赶去。整个京城早已陷入了狂欢的气氛中，百姓们喜气洋洋，互相道贺，说着病阎王终于入狱的喜讯。

杨夜白独独隐瞒了誉知行入狱的理由。

好冷啊，雪气淡漠得像某个人的眼眸。

你裹了裹不起眼的外袍，在一片喜气中迈步向公主府去，思来想去，能救寺卿的也只有长公主。侍卫傲慢地告知你公主不在，你又塞了银子过去，得知消息，原来长公主不顾身份尊贵，天天往牢狱跑。

你久久地守在府外，积雪堆满你的肩头，听到马车驶来的声音，你抬了抬眼，正与眼神低落的公主对视。

“恳请公主救出寺卿。”你垂目道。

长公主冷冷一笑，并不理会你，转身而去。

你静静站在厚雪中，不曾后退，不曾挪步，看着府门缓缓关闭，你从天光站到日暮，再从黑夜站到天明，每日目送着长公主离去又黯然归来。

一开始，她站在遍体鳞伤的誉知行面前，姿态傲慢地让他对她求饶。

誉知行沉默不语。

再后来，她渐渐放软了态度，命他告饶一句，她立刻想办法放他出去。

誉知行毫无反应。

看着慢慢虚弱下去的誉知行，长公主的语气里不自觉地带了几分哀恸："我只让你求我一句而已，求我一句……我立刻放你走，也不可以吗？"

誉知行坚定摇头。

最后的最后，她竟在沦为阶下囚的男子面前如此卑微："求你……只开口说一句……喜欢我。"

誉知行淡漠答："公主伤害了下官心悦之人，还请恕下官不能从命。"

事已至此，他不会原谅她。

这日，长公主再回府时，你看清了她眼中死灰般的绝望。她唤马车停下，静静与你对视半晌，忽然重重扇了你一巴掌。你没有躲闪，眼神平静地与她对视，听她惨淡一笑："罢了，你进来吧。"

你迈步进入公主府。

长公主问你，"你能为他做到什么地步？"

"公主想要我做到什么程度？"

"若本宫要你立刻为他自断一臂，你也愿意？"

你静静抬头与她对视，忽然在凛冽的雪风里抽出旁边侍卫的刀，在众人大惊失色间，你毫不犹豫地朝着自己的左臂斩了下去。

长公主睁大了眼："住手！"

“你，你们……”她摇摇欲坠，被侍女扶住，“不能让他再恨本宫一分了，够了。本宫明日会喂假死药给他，你带他走，再也别让本宫看见你们！”

你扔下宽刀，麻木道：“多谢公主。”

转身离去的那一刻，你听见长公主悲哀的喃喃笑音：“我贵为长公主，天下最好的东西，我有什么得不到？我一下令，杨国师都要让我几分……那么多才俊，我都不喜欢，偏偏喜欢这个我得不到的人。”

三年前，长公主参加宴会，因调皮扮作宫女弹琴，却拨错了弦。正巧誉知行正与苏相卿饮酒，醉中闻声淡淡一回顾，那一眼，让长公主犹记到如今。

你轻轻叹口气，没有回答。

喜欢一个人没有错，因为喜欢他而伤害他甚至别人，即是大错。

誉寺卿不堪审问折磨，死在牢狱中的消息很快传遍了京城。你按照计划弄来了马车，在牢狱门前等了一夜，配合狱卒偷偷将昏睡中的誉知行运上马车，你不敢停留，在雪里高高扬鞭，费力地赶着马车朝城门外驶去。

雪下得紧了，无休无止。

不知驶出多远，你终于停下马车，掀开车帘，看清车内誉知行惨白的脸，你抬起颤抖的手探探鼻息，眼中忽有泪水涌下，多日来仿佛被雪冻住的心，在感受到男子鼻息的那一刻统统重新化作了春水。

“寺卿……”你慢慢呼唤着他，“寺卿……”

誉知行沉沉呼吸着，时而皱眉。你正无措，又听得脑海内苏相卿从容自若的提醒：“他困在自己的记忆里，若你还想送他回历史，便去记忆里将他救出来吧。”

“若你放弃这次机会，他对故土的最后一点记忆也会消失，兴许他也不会记得你。”

终究要放手……目送他回去做那江东少年郎？还是私心一些守着他，宁愿与他在这山河间长长久久？

A 去记忆里救他
跳转19（69页）

B 不愿意
跳转20（73页）

19

他是命定者，他是江东少年郎，他有他的夙愿，他毕生的骄傲。

你的手慢慢抚过他的脸侧：“请苏公子送我去他记忆里罢。”

前一刻还是风雪扑面，下一刻四周已炙热灼人，浓烟蔽日，厮杀不绝，隔岸无数战船接连，燃起通天的烈焰，在水面疯狂地摇晃着，有人用古时的方言高声喊着什么。

“……火烈风猛，船往如箭，烧尽北船，延及岸上营落。顷之，烟炎张天，人马烧溺死者甚众。”

赤壁、乌林、战船与火海……对故土有多深刻入骨的执念，才能完整地还原这场轰轰烈烈的赤壁之战？

火光中许多高头大马践踏而来，你狼狈地翻身一滚躲开，溅了满身泥，望着那些被烧毁的战船，还有那些忙于撤离而无暇顾及你的敌军，心中了然。

是他率轻骑突袭之际！

杀红了眼的敌军挥刀斩来，你骇然后退，却见长枪忽地贯穿了那人胸膛，烈火与战马在你眼前交织出染血的画面，马背上英姿飒爽的将领用力一勒缰绳，他眉眼俊秀，清淡的黑眸倒映出火海与满身狼狈的你。

倒映着这场无休无止的乱世。

“东吴的民女？”誉知行垂目望过来，目光平和，“不要怕。”

你张了张嘴，说不出话。

誉寺卿？还是……历史中的他？

时空在这本书里开了个小小的玩笑，却不能撼动浩浩的历史长流。不存在的人始终不存在，会归去的人终究会归去。

"这是昔日的记忆，这不是真正的你。"你注视着他，缓缓出声，"醒来吧，寺卿……我会带你回你该去的历史。"

清透的声音穿越火海，竟如此清晰。

意气风发的少年郎与你对视，半晌，他平和答："我脚下坚守的土地，即是我誓死效忠的东吴。"

温润而笃定，平和而坚决。

"追，不杀曹贼誓不罢休——"

副将喊声如雷。

少年郎提枪纵马朝远方杀去，消失在烈焰深处。画面随着他的记忆快速变动，你见火光从灼目到熄灭，焦土复起春草绿，再壮烈的熊熊战火，再悲壮的英雄尸骸，也会被岁月轻描淡写抹去痕迹。

你嗅见庆功宴上觥筹交错的酒香，你听见垂帘后美人奏起的琴曲，他举杯微微地笑，早习惯了帘后那些脉脉多情的目光。

"誉寺卿！誉知行……"

你匆匆穿过热闹的宴会场，要与他说话，却被宾客推推搡搡，寸步难行，转瞬间周围已换了记忆。他也曾接过主公赏赐的锦袍，也曾喝下那一杯微苦的酒，笑说"终不负你厚望"。

之后又如何了？

那日在与敌军隔江对峙，兵临城下，霎时流箭如雨，他眼中闪烁着锋芒，势不可当，打马冲锋。你心中骇然，不顾箭雨冲上前去："寺卿，小心箭——"

锋利的箭矢已贯穿了他的右肋。

天地仿佛都染成了血河。

这一刻日月倒转，时空命运般地开了个玩笑，他重重地栽下马来，眼前倏忽已不是他要坚守的东吴，记忆也如退潮般飞散，唯独那温润而坚定的声音在脑海里拼命地回荡。

“不要忘……”

声音微颤。

“不要忘了……东吴……”

所有的隐忍都是为了返回故土那天。

所有的挣扎都是为了守护她的承诺。

所有的冷漠都是为了避免产生眷恋。

他收起温和的笑容，敛起眸里的暖意，化名叫作誉知行，像孑然走在异国他乡里的旅人，怀揣那些仅存的破碎的记忆前行。

然后又是江东少年，又是意气风发，又是赤壁，又是庆功宴……他拼命地回溯着此生，一遍又一遍，生怕忘记。你不觉间已是热泪盈眶：“寺卿——”

你踉踉跄跄推开宾客，声嘶力竭。

你拿过古琴席地而坐，抬手拨弦。

宫商角徵羽，金木水火土，是否有某种对应的关系，指引你找到正确的路？

跳转？

破解道具-古琴图

“若看不透琴谱，不妨回想一下在山洞里教过的五音五行？最正确的路往往是最简单的连线。”

20

“我……”你听清自己声音微颤，“我不愿意。”

为什么会是这样？为什么……苦苦求索，经历这些之后，换来的却只有永远的告别？横跨千年，从此你只能在史册里窥见他的侧影。

你不愿意。

那声音安静片刻，轻轻回答：“好。”

苏相卿的声音消散，再未响起，你静静坐在车厢内，不知守了多久，终于见誉知行缓缓转醒。你激动过去，紧紧抓住他泛白的手指：“寺卿……”

他慢慢环顾四周，最后定格在你身上，平静得像是初识。

你心中一惊。

他果然忘却了前尘的那些痛苦与执念，忘却了赤壁与吴郡……可他忘却了痛苦的同时，也忘却了你，忘却了曾经身为寺卿的历历相处。他像一张白茫茫的纸，只疑惑自己为何会在此处。

没关系。

活着就好。

你压下心中悲伤，微微对他一笑：“没关系，从此以后你不亏欠谁，也不被谁亏欠，更多的记忆，我陪你在这山河里创造新的，好不好？”

誉知行静静与你对视，没有说好，也没有说不好。

没关系，这次换作你用长情来灌溉他。

你带他远离京城，在无人打扰的山中住下，转眼冬去春来，数月相处，你终于在他苍白的脸上看到第一缕笑意。转眼又入了夏，光阴穿梭，院中草木深深，山坡上已然开满山花。

那日你外出采药，背着药筐回来，远远看见他着一袭洁净白衣，在院门口微笑等你归来："你回来了。"

抛却前尘，忘却半生，他终究在花丛中卸下所有昔日的锋芒与凉薄，化作原本那温润如玉的公子。

比起历史上那个英年病逝于巴丘的少年，再看眼前人，谁又能说定哪种是最好的结局？

岁月难得温柔。

"我回来啦——"

于是你捧着一束新采的山花，笑着朝他跑去，在岁月施舍的温柔隙间扑入他的怀中。

山河悠悠。

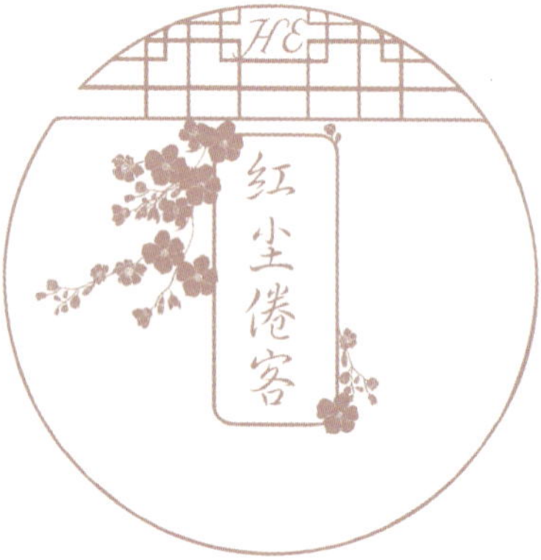

21

你拨响了琴弦，引得他一回顾。

四目相对的刹那，幻境如潮水缓缓退去，你环顾四周，依然是寒冷的车厢，苏相卿的声音已消失，你却被拉入一个散发着淡淡血腥味的怀抱中。誉知行与你紧紧相拥："谢谢你……做了这个选择。"

"我在现代的时候，曾经读过一句话。"你轻轻地笑，"有人说……爱是想触碰却又收回手，对寺卿是，对我亦是。"

你抬头与他对视，缓缓出声，温柔而坚定："我喜欢你，不是我为了这份爱而耽误你的理由，如果寺卿是我，一定也会做同样的选择，我不后悔。"

誉知行无声拥紧了你。

你将头埋在他的胸膛上，半晌，听清他款款温柔的低音："我与你之间，每每都隔着千重山，万重水，向来都是盈盈一水间，脉脉不得语……向来都是我站在隔江，目送你们挽手归去。"

"这次是否轮到我，挽起你的手，陪你同行这一程？"

车外风雪凛冽，唯此间温暖如春，静得能听见两人的心跳声。

在他养好伤，回归历史之前，你们一同去过很多地方。曾同赏过凛冽的冬，也迎来过水乡的春，折一枝江南的柳妥当收藏，待秋日叶黄时翻起书卷再看……在他即将离开之际，你们并肩步入大漠俯瞰苍凉风光，路遇骆驼商队讨水喝，夜晚降临时，正好寻得一处月牙湾歇息。

你披着他的外袍，靠在他肩头，与他共赏星河，见他神情专注，你忽起坏心，俯近他耳旁轻轻吹拂一口气。誉知行微微挪开目光，嘴上轻声说着“别闹”，眼里却微微含着笑意。

“寺卿，你耳朵好红啊。”

他却微笑着温和望过来，注视着你发烫的面颊：“你也是。”

“真是，寺卿也不知说两句好听的情话……”

你慢慢打着哈欠，竟不知何时枕在他膝上睡着了，迷糊之间，见誉知行修长苍白的手指专心摆弄着什么。

大漠静谧，星河浩瀚。

你再醒时，不禁被眼前美景讶得发怔，月牙湾里竟漂浮着无数河灯！一盏一盏，闪烁着柔和的光，仿佛要与天上星辰交相辉映。你惊喜出声：“这些是哪儿来的？真好看！”

誉知行笑望着你，又望向那些河灯：“纸是我从商队买的，这月牙湾里所有的河灯都是我为你折好点燃的，每一盏都代表那些因犹豫而没能说出口的话语，那些错过的情愫。”

“寺卿……”

他将一盏刚刚点亮的河灯递给你。

你小心翼翼俯身，慢慢将它推远，目送你的河灯缓缓飘入那些光芒之中，望着河灯你的声音无比温柔：“这一盏，是我回应你的所有话语，所有情愫。”

回应你的是他长久而无声的拥抱。

他是世间孤旅人，他是花下独酌客，他是每次相逢却又默默退守的隐忍身影，他是由无尽暖春水化作的皑皑白雪。他的故事结束于宿命里的巴丘，他独独不肯让世人看到他老去的样子。

他化作光点消散，终将在这月牙湾与你无声分别。

你睁开眼，见这大漠竟无声下起细雪，轻轻落在你的鼻尖，又无声消融，像是极轻的一个吻。

——爱是想要触碰却又收回手。

如此，这便是最温柔最好的结局了。

获得七星灯碎片 +1，

集齐所有碎片，可开启隐藏结局。

第二章

有我在，世间没有人能动得了你。

1

“寺卿，背后！”

你一声高喊，同时提刀向那姑娘跑去，用尽全力对匪徒斩下。刀锋斩破皮肉，鲜血涌出溅在你身上。匪徒一声惨叫，劈手狠狠打落你的刀，你忍着手腕剧痛，拽着那姑娘往寺卿那边跑。

姑娘被吓得瘫在原地，动也不动，见你要强行拽她离开，她竟连声尖叫，挣扎个不停。

身后传来杀意。

你一回头，却见匪徒的掌风朝你后颈重重击来。

天旋地转，眼前漆黑。

“哈哈……多亏大人！女人、宝贝全齐了，不知大人能赏多少功力。”

马车颠簸，木板硬得硌人。

你翻身坐起，大口呼吸着，四周已没有火海与浓烟。这里是坚固的马车内部，脚下堆着许多金银珠宝。旁边还有几个被掳来的姑娘，正在哭着说话。

“江山公子爱好奢靡，还荒淫成性，好些年前歌楼的姑娘招待不周，洒了滴酒在他衣服上，他……他竟火烧歌楼，屠尽歌女！”

“听人说，他那些侍女、侍卫，都像是没有灵魂的皮囊一样……”

恐惧在车里蔓延。

意识渐渐清醒，原来你昏倒后被人扔到了马车上，要一并献给江山公子。你揉着额头，发现了那个差点被你救下的姑娘，见你醒了，她眼圈通红，挪开目光。

在愧疚吗？

你张了张嘴，没能说出话。

车内用粗劣的板子封着，木板间的间隙连手指都伸不出去，只能看清马车外的夜色和匪人们手里晃动的火把。透过缝隙往外望，道路荒凉，远离人烟，前方月下秋江，茫茫不见尽头。

这是要去哪儿?

马车在江边停下，所有的匪徒都神色虔诚，吹灭了火把，只见那头目朝前方跪了下去连连叩首。

月色里浮起薄薄的白雾，青砖长道凭空出现，顺着江面延伸，雾里无声走来两个华服女子，柳眉朱唇，一左一右，颔首示意车队向尽头驶去。

车队踏上过道，这江面竟绽开无数朵妖艳的红莲，殷红满目，似燃了满江盛大的火，不知走了多久，道路尽头坐落着高台楼榭，庄严宫室——传闻江山公子在水上藏着华美的宫殿，经常将看中的珍宝、美人拖回殿里。

至主殿，两个华服女子脚步一停："主人正在沐浴，不见远客，等着吧。"

头目点头哈腰，朝喽啰们挥手："卸货！"

木板被匪徒们蛮力拆下，姑娘们尖叫不停，被匪徒不耐烦地拖下车来。你刚下马车，便被推搡着向殿里去，有匪徒用力按你的肩膀，迫使你跪下。

姑娘们都憋着眼泪，跪在满地珠宝旁边。

两个宫女全程静静看着，一言不发。

你偷偷抬头，匪徒们大多忙着卸货，只留一个匪徒看守着。方才顺着缝隙向外望，你已将大体路线牢记于心，若趁他们不注意忽然起身逃跑……

A 逃跑
跳转2（82页）

B 静观其变
跳转3（85页）

2

趁所有人不注意，你抡起地上沉重的白玉盏，朝看守的匪徒用力砸去。

嘭！

匪徒头破血流，“啊”的一声捂住脑袋。

你朝阶下跑去，后方传来匪徒们惊愕的呼声，错杂的脚步声渐近，你心中怦怦狂跳，恰遇某处舞榭，伶人跪坐奏乐，鼓竽琴瑟声不绝于耳，宫女们舞得长袖漫天，不知是要给谁看。

你匆匆闯入眼花缭乱的舞乐场中，扯过不知谁的斑斓羽衣，披在身上。往后一瞥，几个匪徒正追到殿门口，不敢入内。

衣袖不慎打翻宫灯，火星溅在宫女身上。火苗顺着衣裙蹿上来，霎时卷上她们的全身，你惊愕回头，那些宫女竟燃着火起舞奏乐，诡异而艳美。

火焰渐熄，空余满地纸灰。

纸人？

你踉踉跄跄，不慎撞倒殿后竖着的绣金屏风，屏风后竟是偌大一座浴池！你一声惊呼，踉踉跄跄地向前扑去，不慎栽入氤氲热气的池水中。

“哪来的小野猫，这么冒失？”

悠悠男声在池中响起，轻声细语，带着一丝轻慢的笑。

漂浮着花瓣的温水淹没口鼻，妖艳的甜香一直侵入到五脏六腑，你惊愕地发现自己竟动弹不得，被一股强大的力量禁锢在水里。

氤氲的水气衬出男人匀称有力的身材，腰身线条在水下若隐若现。他坐在池边，随意放下手中酒盏，漫不经心地拨起被水浸湿的长发，为动人的容貌勾勒出暧昧的神色。

水声作响，他起身朝你一步步逼近。你看清他身上的水珠无声滑落，顺着匀称的身材一路向下……温水没过他长长的发尾，随着走动荡开水波。

只看身形已如珠玉，他的眉眼却更美。艳光潋滟，薄唇上扬，像是被精心描摹出的池中美人，长睫上还沾着几分水光，睫下漆黑的双眸含笑一垂，居高临下地瞧了过来。

“好看吗？”他轻声细语地问。

见你被水呛得说不出话，他轻轻地笑，信手一抬，垂在屏风上的艳红薄衣自行飞来，披在肩头，湿漉漉的长发渐渐褪去水迹。

红衣加身，男子华美的气度立刻被衬了出来，若说在池中尚带着几分阴柔的美，换上红衣之后，这柔美立刻被高傲不可直视的气场所代替。

他从容地穿好了华服，这才回身在池边站定，饶有兴致地瞧着你。

“为什么你觉得，我会好心救你？”

“你……你也不想看着我淹死在你的浴池里吧……”

“哦？”

对方的笑声毫不掩饰，回荡在偌大的殿内，竟如漾开美酒般有醉人之意。

“可真有意思。”他笑盈盈道，“你不知我手下亡魂有多少？不差你一个。”

你有些绝望，冥冥之间，脑海里却有微弱而熟悉的温润嗓音响起。

“命定者……”

难道眼前这人……竟是命定者？

A“你小时候也差点被淹死！”
跳转4（87页）

B “我这里有你的碎片！”
跳转5（91页）

3

逃跑的风险太大了。

你放弃逃跑的念头，低下头，和其他姑娘们一同等待着。不知过了多久，传闻里的江山公子终于姗姗来迟。

“女人？庸脂俗粉。”

你还没来得及看清他的面容，便与姑娘们一同被匪徒重新丢进了马车。不知过了多久，外面响起另外一伙土匪的劫道声，车身猛地一晃，你的头重重撞上木板，失去意识。

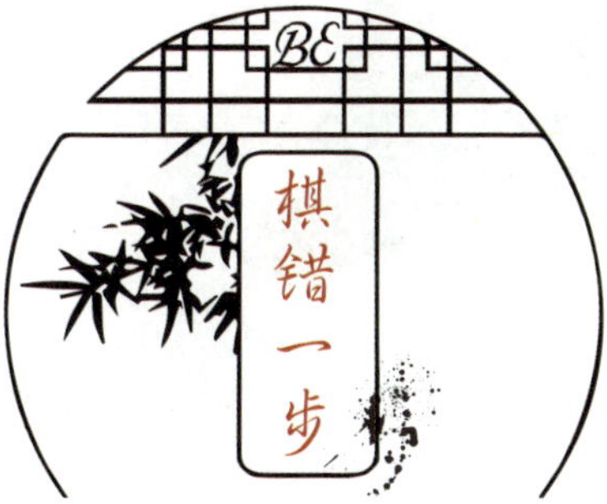

“你离置之死地而后生的勇气，只差一步。”

跳转1（82页）

4

“你……不会想有第二个人淹死在你眼前……”

你顾不得太多，按着卡牌上的内容，断断续续开口相劝。若你没选错，卡牌会帮助命定者想起这段回忆。

“哦？”他稍感意外，“你怎么会知道？”

赌对了。即将失去意识的前一刻，那人终于将你捞起。你躺在他臂弯里，感受到他注视着你，一缕轻软的发梢垂落，轻轻拂在你的脸侧，艳香直往鼻子里钻。

他的语气，远比轻柔的动作要危险：“有点意思。”

他抱着你朝外走去，路过那些焦黑的破败痕迹，毫不怜惜地踩上那些破碎的纸舞女。你看清了他衣襟上华美的纹路，垂落的黑色发尾，妖冶带笑的眉眼……

你心中的猜测无比清晰，脑中嗡嗡作响。

命定者之一……就是江山公子！

他抱着你，拖曳着长长的华服，沐浴灯辉走着，红衣上大片杏叶绣金悄然生辉，又在没入殿宇檐下的阴影时缓缓转黯。殿内两个宫女垂目迎他归来，你刚看清匪徒们恭维的脸与姑娘们惊恐的表情，便被他手一松摔在地。

你疼得龇牙咧嘴，方才喝下的水全咳了出来。

江山公子往回一拽衣角，慢悠悠道：“你们带来的女人，胆子可是大得很，居然正大光明地跑去偷窥我沐浴。”

“是、是小的没长眼！让这臭娘们忽然跑了……小的这就把她弄回马车！”

有人粗暴地抓住你的胳膊，江山公子不易察觉地蹙了蹙眉：“你若还想保住这胳膊，就给我放手。”

匪徒们“扑通”跪地，连连求饶。

你诧异地抬头看他，正巧他也望过来，轻声笑问：“本公子好不好看？”

你没想到会是这个问题，愣了愣，如实回答：“好、好看……”

你的下巴忽然被男人修长的指尖挑起，暗香迎面，美人笑意盈盈：“好看？那就在死前好好儿地看，尽情地看。”

“宝贝都是世上罕见的，女人也是一等姿色，公子您看……”匪徒们冷汗直冒。

“方才想起，”江山宴目光扫过众人的脸，“有人托我找个人，你们谁是被苏相卿派来找命定者的？”

你不动声色地低头。

匪徒们也不知。你偷偷抬头，见江山宴拿出一枚青铜令牌，指尖一拂，令牌亮起，里面缓缓传出另一个男子威压十足的笑音：“找到了？”

千里传音？

里面隐约伴随女子嘤咛，和那人轻轻的调笑。

江山宴蹙了蹙眉，毫不客气地开口打断他们：“人都在我这儿，哪个才是？”

“哎呀，辛苦你了，谢礼我会派人送去。”那人语气轻慢，每句话都让人心凉，“我想想……这人是从朝云城出来，被大理寺的人偷偷接了去，誉知行的胆子真是越来越大了。”

莫非大理寺有内鬼？

你深深低头，忽然被旁边的姑娘扯住胳膊。那姑娘用力扯着你，又哆哆嗦嗦地跪近几步，抓着江山宴的衣角哭着央求：“我、我记得她就是，她就是跟着大理寺的人来的！要杀就杀她一个……”

是当初你冲过去救的那个女孩。

看着她幽愤的目光，你忽然明白：原来她当时的眼神并非内疚，而是责怪你为什么没成功！

你不可置信，说不出话。

令牌中的人满意地笑："看来已经找到了？送回来给……"

"我"字还没说完，就被姑娘的惊声尖叫打断，江山宴衣襟里滑落出一张小纸人，在他掌中化作锋利的长剑，那锋芒毫不留情地贴着你的发丝掠过，刺穿那姑娘的胸膛。

其他人发出恐惧的叫声，你双腿发软，努力让自己冷静，用力拨开那死去姑娘的手，江山宴的剑尖忽然一挪，在你鼻尖往上三寸，却并不动手。

他朝你无声抬起指尖，比了个嘘声的手势，唇边扬起得逞的笑。

"晚了，听着聒噪，我杀了。"他对令牌从容说谎，"尸体你还要吗？"

原来他在帮你？

"杀了？"那人慢慢开口，"我可不记得让你现在就杀……"

江山宴懒得听，不耐烦地拂掉令牌上的光，朝着匪徒们挥手："得了力量就滚吧。"

匪徒们欢呼起来，身上的红莲印记更深了些，他们很快押着其他姑娘上马车，马鞭一扬，驶离殿外。

"带回来给你？我又不是你杨夜白的下属。"江山公子冷笑。

杨夜白？那个主张流放疯人的国师？

你慢慢起身，看着尸体迟疑一下，还是低声道："谢谢。"

江山宴嫌弃地瞥一眼尸体，目光又落回到你身上："方才你似乎让我回想起有意思的事，我想了想，杨夜白和你，还是你更有趣。"

使用卡牌能窥探到命定者的心绪记忆，让他渐渐回忆起前尘来，真是歪打正着，江山公子就是命定者之一。

“公子就是我要找的命定者，只要我活着，必定能让公子陆续回忆起来。”你慢慢镇定下来，“不过，希望公子答应我的条件。”

“哦？”

“不要透露我的存在给杨夜白，也不要派人去袭击誉寺卿。”你望着他，遥想起关于江山公子的种种传闻，补了一句，“以及……希望公子能让我毫发无伤地活着。”

美人的笑脸忽然凑近，你忙往后退。江山宴对这反应甚是满意：“想活着，便证明你有活的价值。”

“公子在开玩笑？不是早看到了我的价值，才留我在这儿？”

“你怎么会认为是玩笑呢？”江山宴的嗓音慢到近乎温柔，“我高兴时，便救你一命，我不高兴时，便不留你的性命。这一切无非看我愿不愿意，你有什么不满？”

世上居然会有这种随心所欲的人！

“公子不妨再给我一段时间……”你硬着头皮道。

他漫不经心地拨起自己的一缕长发，在手里慢慢把玩，玉扳指闪烁着剔透的光，看来这手也时常拉弓射箭：“好啊，我倒数三个数。”

“三——二……”

要提及卡牌记忆上的哪段内容，以证明你的能力？

A 暗箭伤人
跳转6（92页）

B 歌楼少年
跳转7（93页）

5

“我这里有你的记忆碎片！”你的声音断断续续，喘不上气。

“碎片？”池边那男子始终没有伸手救你，一声蔑笑，“胡言乱语。”

他渐渐远去，消失在屏风后。

你终于失去了挣扎的力气，在醉人的花香中渐渐下沉。

跳转2（84页）

6

“我能看到公子的其他记忆。”你决定直接告知卡牌的内容，“公子在原来的历史中曾因嫉妒犯下大错……”

江山宴听罢，轻轻地笑起来。

你刚松口气，冷不防被他抬手扼住咽喉。你错愕抬头，见他神情似乎甚感无趣：“我嫉妒他？一派胡言，看来你也不过如此，不值得留。”

“忠言逆耳，不妨婉言处事。”

跳转4（90页）

7

“我能看到公子穿越到这儿后经历的一切。”

江山宴的眼神骤然锋利如刀，在他凌迟般的注视下，你咽了下唾沫，慢慢地将碎片中少年的经历读出，看着他的神情从警惕到震惊，再到阴沉。

暗香拂面，男子的身形在月下袭来，他抓起你的衣襟，语气却轻柔如低语：“既然你知道这些，我自然不能留你，该说你聪明还是笨呢？”

你痛得一声闷哼。

他笑望着你，拨起你耳边的长发，缓缓在自己指尖上绕了几圈。

忍着痛楚，你抬头与他对视，也淡淡一笑：“公子莫非不想回去？杀了我，日后连反悔的机会都没有。”

江山宴静静望着你，你也毫不避让地直视回去。

半晌。

他悠悠放开你，优雅一拂袖，生怕你的衣裳脏了他的手似的：“不错，我早觉得，我应是哪里的王孙贵族，我所享受的日子应是锦衣玉食，被人偏爱的。”

“若公子多给我些时间，我便能送公子回去。”

你话音未落，肚子忽然咕噜噜地叫嚣起来，被绑架的这一路都没吃过饭，方才又忙着逃命，肚子早已饿得受不住。你脸上发烫，方才的气势全烟消云散了。

江山宴懒洋洋地打了个响指：“养个你真是麻烦极了，希望你能给我带来等价的东西，也不枉我骗了杨夜白。”

你点点头：“谢谢。”

他慵懒地转身走出，打了个哈欠："若不是你奋力出逃，我可不会出手相救，还是谢你自己吧。"

葡萄美酒，乍看如血，恰如那一袭远去的红衣色，在月光的照拂下傲慢而迷离。

既然接受了这份使命，便没有退缩的理由，若进退皆有死局，那便一路向前。不论对方是什么身份，都是你需送回去的命定者。

夜色渐浓，你收拾好心情，不知不觉间慢慢睡去。

第二日天光大亮。

天高气爽，晴空澈蓝，宫殿沐浴在秋光下显得华美而庄重。你的心情也随之明朗许多，接下来要去哪儿转转呢？

A 宫墙过道
跳转10（100页）

B 御园
跳转8（95页）

C东上阁
跳转9（98页）

8

御园是江山宴最喜欢去的场所之一。这儿的银杏树林像一片茫茫金色的海，你拜托宫女领路，七拐八绕才找到他。

金色将视线淹没，江山宴在树下小憩，如茫茫金海落了一滴朱砂，再华美的盛景也在此刻骤然失色。金叶飞拂，其中一片落叶无声地落在他柔软的长发上，他闭着眼，无知无觉。

宫女上前垂目道：“主人，她来了。”

你连忙轻声制止：“等他醒吧。”

慵懒的哈欠声响起，江山宴已被吵醒了。他慢慢坐起，红衣上的绣金在晴光下熠熠生辉，长长的发尾散落在地，声音还稍带一丝丝倦意：“你倒还懂得最基本的礼貌。”

他信手拾起落在长发上的金叶，悠悠打着旋儿：“只可惜……你不懂。”

随意一弹。

金叶如刃，直直贯穿那侍女的喉咙，霎时身首分离。你连忙冲过去扶她，却见她依旧保持着空洞的神情，火焰忽地从华服上燃起，须臾间已烧得灰都不剩。

虽然是个纸人，却是因领你过来而消失的，这般无所谓的态度，让人想起那些惨死的活人来。你心思一沉，目光便有些冷，与他交谈的念头荡然无存。

男子轻飘飘的笑音在耳畔响起，淡淡的痒：“你……生气了？”

你才发现他已起身，两人之间的距离如此之近，你险些撞入他怀中，连忙向后一跳，差点摔倒。

江山宴恶作剧得逞似的笑：“哎呀，见了我的美貌，惊讶到站不住脚了？”

你勉强镇静，出声道：“不，我只是觉得公子的手段有些残忍。”

“我说过，一切全凭我是否高兴。”江山宴笑道，“我不高兴，自然是要让她消失的，你要因为区区一个纸人来怪我？”

想到那些横死在匪徒刀下的亡魂，你叹了口气：“公子让匪徒去掠夺美人珠宝，以交换功力，也凭高兴？”

“这可不是我命令的，是他们贪图我的力量，主动献上那些宝贝。”江山宴慵懒蔑笑，“你在责怪我？他们贪婪，与我何干？”

“间接与直接都是一样的。”你皱眉道，“公子杀活人，与杀一个纸人的态度没有分别。”

你的衣襟被他一把抓起，不禁向前趔趄，艳香浮动，美人的脸快速拉近，声音低低，笑声轻柔：“我的心思，岂是那些凡夫俗子能明白的？再说了，你身上穿的衣裳，不也是那些蠢货朝我献上的？”

从他瞳孔的倒影里，你看到自己的脸与背后的漫天飞叶。

“我是这世上最好看的人，理应得到世上最好的东西，你说，有什么不对的？”江山宴一松手。

秋风起，漫天金叶翻飞，他的笑声，他的张狂，悉数在天地间肆意张扬。你望着他，猛地扯下身上华美的外袍，丢在一地杏叶里。

江山宴声音突然急促：“你做什么！”

“脱衣服。”你厚着脸皮坦然开口，“既然衣服是匪徒献来的，我还公子便是了。”

他的目光仿佛要剖开你的血肉，看穿你的骨头，一字一顿：“穿、上。”

好歹他也是你要取得信任的命定者，再试探下去，惹恼他就不好了。

你顺势拾起，一抖飞扬的金叶，将华服披在身上：“不过，看完那些碎片，公子憎恶世人的缘由，我忽然又理解了些。”

江山宴阴晴不定地盯着你。

“并非世人丑恶，这一切，只因公子儿时遇到的是坏人。”你注视着他，轻轻叹息，“倘若是我遇到这样一个少年，无论如何，我断不会对他如此。”

他的目光转为错愕。

不等他再说话，你点头告别，径自朝御园外去，忽然听他慵懒的笑。

“漂亮话说得容易，若真有一日，我倒要看看你能不能做到。”

跳回7(94页)重新选择

9

东上阁是这里最神秘的地方。

白日清冷，夜里幽静。

这半个月来，你摸清了江山公子的行踪轨迹，他偶尔出府一趟，往往当日或隔日回来。隔几日他便要往东上阁跑一趟，不准旁人入内。

里面隐隐传出惨叫，撕心裂肺。

难道他在这里把活人改造成死气沉沉的纸人？

趁着江山宴没来，你避开巡夜宫人，趁夜色小心翼翼地推门，不料里面传来缓慢低沉的呼救："救……"

干枯、垂死的声音。

推门进屋，和想象里不同，这里只是普通的房间，桌椅屏风被人擦得纤尘不染，房中飘着一股药味，床上有人痛苦出声。

你走过去，看清那人骨瘦如柴的模样，被吓得倒退几步。

那是……人？

那是个瘦骨嶙峋的老妇，一身华服简直像是累赘。她眼窝深凹，干涸无光的眼珠缓缓一转，锁定了你："救我……他快来了，负心人……"

你试探着问："江山宴？"

老妇痛苦的喘声忽地停了，你忙探她的鼻息，还活着。

她是谁？江山宴对她做了什么？

有脚步声近了，你慌忙之下环顾四周，钻进桌下藏好。你屏息看着那人拖曳艳红的衣摆走进来，正是江山宴。他端着药碗坐在床边，在妇人的尖叫声里拿起木勺，似乎想要喂给她。

老妇竟惊恐地扇了他一巴掌！

这一掌扇得江山宴头微微一偏，脸色泛白，唇边缓缓流下血来，他沉默着抬起指尖，擦净艳红的血，垂目看着自己的手。

你仿佛预见了下一刻血腥的场面。

江山宴却是用你从未听过的耐心语气开口："我是你的养子，你又不记得了？"

"小宴……"老妇神色迷茫，仿佛母亲呼唤自己的孩子，江山宴耐心地拿起木勺，将药给她喂了下去。

伺候完养母，江山宴拿起帕子细心地为她擦嘴，做完这些，他漫不经心地扬声："顽皮闯进来的小野猫，为何还不出来？"

你心中一震。

跳转11（102页）

10

要让他回忆起从前的最爱之物。

早在被绑来的时候，你便留意到这宫中过道十分宽敞，足以让一辆仿制的春秋战车肆意疾行。

你熬夜精心画了一张简略的图，标出结构原理。在偌大的宫殿问了一圈，纸人们只效忠江山公子，并不搭理你。

你只好自己动手，一心一意地闭门造车，院里叮叮当当的捶打声日夜不停。

连着三日，你没去打扰江山宴，江山宴也对你不闻不问。

第四日，你在院里敲敲打打，江山宴有意无意从院前经过。

第六日，你在院里挥汗如雨，不慎砸了自己的手，发出一声惨叫。

第七日，江山宴大步走进院里，看着这辆不成形状的战车，眼中复杂："这就是我以前最喜欢的东西？"

"对。"你挠挠头，拿着图纸对照，"你看像吗？"

"轴毂之间的铁锏呢？不加铁锏如何减少摩擦？枒饰做成这样也能用？"

"公子你好懂啊。"你惊讶地望着他，眼里有光，"莫非……你都回想起来了？"

"这世上还有我不懂的东西吗？"江山宴得意出声，拿出张纸人抛掷到半空，再落下时竟变成一驾威风的春秋战车，两服齐首，战旗猎猎。

"嗯？"他望着战车，却皱了皱眉。

"又想起什么了？"你问。

"不大愉快的人罢了。"

他大步迈上车，傲慢命令你："上来。"

你疑惑地上车，只听一声“抓稳”，还没反应过来，战车已疾速出院，在宽敞的过道飞驰，将你摇晃得七荤八素。

“放……放我下去！”

你险些要向车外飞去，被他一把拽住后领，重重撞上他的胸膛。他痛快大笑道：“下去？多少女人哭着求着上我江山公子的车，你居然还不满足？”

这人……当真毫不顾及他人的感受啊！

战车穿梭在殿中，不知过了多久，待他彻底尽兴才停。你则被颠得七荤八素，回过神来，发现自己不知何时揪住了他的红衣，华美的布料被你捏得皱皱巴巴，凌乱不堪，甚至透过单薄的里衣能窥见肌肤。

原来是你惊恐时失态，出手蹂躏了他……的衣裳。

你嘴角抽搐，趁对方不注意，偷偷抚平他的衣襟，却立刻听见他的嗓音悠悠响起：“怎么，扒了我的衣裳还不满足，还要多摸几下才罢休？”

你闹了个满脸通红，正要快步跳下车，冷不防又被他一把拉住手。

“跑什么？我又不吃人。”江山宴恶意地笑，“看你狼狈的样子实在有趣，来，咱们再转一圈。”

真是搬起石头砸自己的脚了。

跳回7(94页)重新选择

11

你灰头土脸地从桌下爬出来，看着江山宴阴晴不定的表情，愧疚道："对不住。"

"道歉有用，我还杀你做什么？"江山宴笑着走近，挑起你的下巴，迫使你抬头。

你看清他眼里的杀机，心中狂跳。

"你……是不是在心里嘲笑我？"男子嗓音轻柔，神情专注，这是他动杀机的前兆，"你的好奇心，是不是越了界？"

这些日的相处几乎让你忘了，他还是那个杀伐随意的魔头。

"我说过，我知道公子过去的一切，包括如今这东阁里的秘密。"你注视着他，仿佛要望穿那些被他藏起的心事。

碎片里少年的影子历历在目，瘦弱的少年满身冻疮，被疯歌女抱在怀里，哭着一勺勺喂给他地瓜汤，求他活下来……原来这是他最不堪的年月，最想抹杀掉的过往。

"这药对老人来讲有些苦。"你又轻声问道，"不妨下次掺些糖进去？"

"你不怕我杀你？"

"我有错在先，任凭公子处置。"你心中鼓声大作，表面故作镇定，"或许世人眼中的江山公子，都不是真正的你。这些日的相处，是否也能让公子信任我呢？"

"哦？"江山宴似乎感到有趣，轻轻地笑起来，"谁知道呢。"

木勺在你的喉咙处慢条斯理地滑过。

跳转14（106页）

12

“算了，谁又不是苦命人。”你摇摇头，“包子给他，放他走吧。”

“你还真是好心。”

江山宴感到无趣，轻飘飘地打了个响指，红衣侍卫在风雪中化作纸人，落回他手上。少年看清那纸人，忽然惊恐地睁大了眼，向后瘫坐在地：“你、你是……”

热腾腾的包子滚落在地，江山宴的目光慢条斯理扫过它们：“哎呀，真是可惜了。”

你心中一震，示意少年快跑。

那少年从恐惧中惊醒，连忙从雪中爬起，拔腿就跑。江山宴饶有兴致地目送他远去，指尖轻抚掌中那纸人，柔声开口：“走吧，那位朋友还等着我呢。”

跳转15（108页）

13

“你想对他动手吗？”你平静地望着少年，“还是要杀了他？为什么？”

少年紧紧护住怀里的包子，警惕地望着你：“你们要送我去衙门！我是先下手为强！”

“但你可知道，这两个包子我本就是打算送你的？”

少年有些发愣。

江山宴好整以暇地看热闹。

你继续说下去：“你觉得世人对你不好，便以敌意来回报世人，只会造成无解的循环，你最终会找不到回头路。”

“嗯？”江山宴语气仍是懒洋洋的，“你这话里带刺啊。”

说罢，你摸出身上的碎银递给少年。

红衣侍卫手一松，少年愣愣地回望着你，忽然一把抢过你手里的碎银，头也不回地转身跑远了。身旁传来江山宴的嘲弄声：“你以为他会感激你？天真。”

“天真就天真吧，起码我问心无愧。”你认真地望过去，“你如今这样，也只不过是因为你最初遇到的不是我。”

江山宴略感意外地瞧着你，半晌，他低声一笑：“突然觉得，有时候你还挺有意思的。”

你面上一红，肚子却咕噜噜叫唤，再远望那包子摊，已经打烊了：“可惜……”

江山宴感到可笑似的：“两个破包子？我江山公子富可敌国，要什么没有？”

“今早出来得急，没吃饭……”

你话没说完，忽然瞧见一大块银子从他手上掷来，你连忙接住，沉甸甸的。

江山宴随意指了指附近那些奢侈的酒楼，淡淡命令："吃，挑个地儿尽情吃，花不光别想走。"

你咽了下口水，那就恭敬不如从命了。

跳转15（108页）

14

你闭上眼，迟迟感受不到那降临的杀意。

江山宴将木勺扔回碗中：“不错，你的确做了几件令我另眼相看的事。”

他拂袖向门外去：“下次，我会考虑掺些糖。”

江山宴悠悠离去。

望着那仍在碗中轻颤的木勺，你心有余悸，慢慢抬手，捂住狂跳的心口，发现自己指尖冰凉。

从被掳到如今，刚好过了半个月，他又留你一命。

秋意渐凉。

自从撞破东上阁的秘密，江山宴对你宽松许多，不再管你去哪儿转悠，只是……过着日复一日的生活，江山宴迟早会再失去耐心。

给老太太吊命的药，全是江山宴从一位名叫楚越的神医朋友手里取来的，你隐隐看到一丝希望，费了好些时日，终于说服他带你同去。

出发那日，江山宴打个响指，江面上缓缓浮出过道，你正要迈步，听到他的命令。

“伸手。”他拿出一个朱红色手镯亲自给你戴上。

“你自己摘不下来，有这个，你逃不开我身旁。”

你叹了口气：“你果然不会白白送我礼物。”

江山宴用纸片变出车马，在雪中碾出两道车辙，白茫茫的天地里渐渐显出漆黑的城墙，城门下几个卫兵打着哈欠，只当他是哪家贵族子弟。

江山宴轻车熟路地停在某个阔气的酒家门前，进去买酒。

真稀奇，江山公子也会送礼给别人。听说那神医住在林中，不爱金银佳肴，偏爱梨酒，每次江山宴都带一坛去拜访。

你等得百无聊赖，下马车朝外走了几步，镯子突然勒得手疼，待你走回才放松。

不远处有卖包子的，你买了两个。第一口还没咬下，眼前忽然闪过一抹脏兮兮的身影，抢了你的包子就跑。

你吃了一惊，酒肆门口响起江山宴慢悠悠的嗓音："慢着。"

轻飘飘的纸人在风雪里吹落，化作红衣侍卫，一把揪住小偷将他拎回来。原来是个少年乞丐，死死抱着包子不放，不住地踢打侍卫："放开我，放开我！"

"连区区两个包子都能被人抢走，你除了吃还会什么？"江山宴瞥你一眼，饶有兴致地望着少年，"怎么处置你呢？"

少年忽然朝他扑来，却被侍卫抓住手腕，痛得惨叫。

你打量着少年，见他衣衫褴褛，满身冻疮，在侍卫手里不停地发抖，唯独眼神倔强得很，直勾勾地与你对视。

A教导他放下敌意
跳转13（104页）

B送他包子打发他走
跳转12（102页）

15

马车往林中驶去，远远听见争执声传来。

“我说不救便不救，请回吧！”

你们下了马车，踏雪走去，几个山匪围在篱笆院前，正对一个清瘦的布衣男子怒嚷：“你是什么神医，救人还挑三拣四？！”

楚越挡在篱笆院前，毫不让步：“几位都是恶名昭著的歹人，恕我不救！”

“敬酒不吃吃罚酒！”匪徒大怒，提刀架在楚越的脖子上。江山宴随意拾起颗石子，掂量掂量，震腕一掷，那人的宽刀猛地被弹开，当即缺了个口。

匪徒们大惊，咬牙切齿一挥手：“撤！”

“你啊，又拒了人家？”江山宴笑着走过去，将酒给楚越，风里扬起几个纸人，远远化作红影，无声朝匪徒追去。

楚越厌恶地扫一眼掉落在地的刀：“宴兄，你知道我的作风。”

江山宴笑道：“是，不给恶人及其亲眷医病。”

恶人？这楚越是怎么回事？他面前就是最大的恶人啊。

“近来在别处办事，迟了些。”江山宴笑望着你，“对了，这位是我娘子。”

你错愕地睁大了眼：“你，我……”

楚越也同样惊讶：“晏兄大婚的消息怎么从未听说？”

“我这人一向随心，看她还算顺眼，”江山宴懒洋洋笑道，“就娶了。”

什么破理由。

“是不是，娘子？”江山宴细心地抬手帮你拂去肩上的落雪。

你无可奈何，配合点头，学着古代女子故作扭捏娇羞，正要抬手掩唇，忽然被江山宴不动声色地抓住了右手，你纳闷地甩了几下，没甩开。

“你娘子真是好福气，得了个这么宠爱她的夫君。”楚越果然没生疑。

这时屋里传出女子的咳嗽声，楚越神色紧张，匆匆向屋里走去：“晏兄，照看下药炉！”

江山宴应了声，见你目光幽幽，他缓缓开口：“永远别想甩开我的手”

你额上冒黑线。

楚越很快出来，与江山宴闲谈一阵，将调好的药递来。你辞别楚越，与江山宴同乘马车回殿，一路无言。

“生气了？”江山宴问。

你别开目光：“这世上许多女子，难不成每一个，你都要谎称自己是她们郎君？”

江山宴瞧着你的神情，反而觉得有趣：“有何不可？”

“你这人……知不知道尊重他人意愿啊？”

“那你——愿意当我的娘子吗？”

你没料到他会忽然这么说，一时不知该如何回答，不禁抬手抚了抚狂跳的心，又怕他察觉，转头望向车外。雪气浮动，天地清白，马车驶于江面之上，如行天地一水间。

根据江山宴所说，他在外用的假名叫晏江，是一位武功高强的阔绰子弟。

而那位楚越，初识时江山宴是为了求药骗他，后来随着渐渐熟悉，二人居然真成了好友。

后来楚越因私藏疯人被大理寺捉走，江山宴将其救出，安顿在林中。

楚越独特的作风，与他娘子有关。当年江山公子火烧歌楼，有个年轻歌女拼命从火里逃出，从此落了阴影，时常发疯魔怔。

挚爱每每发作，楚越便痛苦万分，从此冷言拒绝所有来求见的恶人，甚至恨不得亲手诛了那魔头。

所以楚越和晏江是至交好友，楚越和江山公子却是未曾谋面的仇家。

眼看老太太的病愈发严重，江山宴取药的次数愈发频繁。

每当老太太要闭眼时，都会被江山宴喂下药，重新救活。

再一次取药时，楚越拿出一张地图，叫住了江山宴。

“我还有个办法。”楚越与江山宴对视，“若这个也没用，晏兄你……还请节哀。”

“什么办法？”

“世有长命花，食之可治百病，甚至可让人像树那般长生，我觉得新奇，也弄来了一张线索图。”

“只是这线索……我看不懂，晏兄三思。”楚越手里捏着图纸，定定望着他，“大部分人去寻药，都是有去无回。”

“好个有去无回。”江山宴一声冷笑，毫不犹豫地接过图纸，“我要去。”

纸人变的马车日夜兼程，遇到道路不平处，江山宴便变出个华丽的八抬大轿。

“怪了。”你将楚越给的图看了几遍，“这里面到底有什么玄机？”

实在看不懂，你只好放弃。

天色将沉，纸人们抬着轿子健步如飞，你嗅见一股幽幽花香，轿子蓦然闯入一片桃花林中。

冬天还未过，哪来的桃花？

你连忙唤纸人停下，将闭目养神的江山宴叫醒，他不悦地揉着眼睛："又怎么了？"

"快看，有桃花！"

再拨帘，方才还灼眼的桃花竟不见了，这里是个安详的村落。

"你睡糊涂了？"江山宴皱眉。

你不可思议地揉揉眼睛，跳下车，被不远处孩童的哭声吓了一跳。穿白色麻衣的小孩儿惊恐地看着你："妖怪……"

暮色沉沉，那辆艳红的轿子停在村落前，八个面无表情的下人垂目立着，冷风吹拂起轿上的绸带，随之飘然走下个红衣男子，姿态妖冶。

江山宴慢条斯理地问："你们这儿可有长命花？交出来。"

真是太有江山公子的风格了。

你连忙挡在他身前，朝一旁的村民笑道："听说您这儿有一种叫长命花的奇药，我们来求药救人。"

村民们的神情立刻放松下来，有个粉衣大嫂亲亲热热地扯着你的手："这闺女客客气气的，真讨人喜欢，那花在我们这儿到处都是。累了吧，大娘备个屋，你们歇歇脚吃顿饭？"

你十分惊讶，还没来得及说话，便被女人们簇拥着向村中走去。

她们身上有股好闻的香气。你望着大嫂亲切的面庞，心中柔软许多："这般叨扰……不好吧？"

"没准以后你和大娘就是一家的呢！"

你满脸通红，这是……看中你当媳妇了？！

"你们倒是热情，也不问问她有没有夫君？"身后江山宴听着聒噪，一声冷笑，妇人们立刻恐惧地退开些。

你感激地看他，他却不屑地挪开目光。

有个白衣青年赶紧过来打圆场："客人有所不知，采摘这花需要晚上才能去，所以才让二位歇歇脚。"

你也笑着回应，拉着脸色不善的江山宴七拐八绕，才到客房。

你回身关门，凑近江山宴的衣袍仔细嗅嗅，不料他反而凑近些，散懒一笑："进了屋，迫不及待地想对你美貌的夫君做些什么？"

你嘴角抽抽："我在闻你的味道，这一路上到处都有桃花香，你闻没闻到？"

"很浓。"江山宴嫌弃回答，他生得漂亮，这一路都是被村里的姑娘们围着的。

"可我一路都没见到桃花树。"你纳闷道。

敲门声响，几个姑娘端来饭菜，让你们慢慢吃。

你连忙道谢。

姑娘们笑着离去，她们都身着红或粉色的裙子，背影恰如一堆盛放的花。

你的肚子咕噜噜不停叫唤，若不吃饭，万一真遇见什么事，恐怕很难撑过去，可是……

A 多少吃一些
跳转17（116页）

B不吃
跳转16（113页）

16

“奇怪……”你望着饭菜，“村民们这般热情，进山里的却没有一个回来的。”

“无端的热情，必有图谋。”江山宴难得欣赏地看你一眼，“跟了我这么久，你也算开窍了。”

你用筷子搅和饭菜，装出被人动过的模样。不多时，有个汉子热情地招呼江山宴去采长命花，你正要跟去，汉子为难地摆摆手：“这花性子烈，你瘦瘦小小的，怕是经不起毒性啊。姑娘，你就在这儿等你夫君回来吧。”

你轻咳一声，望向江山宴。

“你就在这儿待着，若真有个什么三长两短，我也能立刻知道。”江山宴扫了一眼你手腕上的镯子，转身向山雾尽头走去，“我不会让你有事的。”

不知等了多久，这花香愈发浓重，你躺在床上打瞌睡。迷糊之间有女人们推门进来，围着你说话。

“这妹子水灵灵的，当李嫂家的媳妇正好……”

女人们扶你起来，有人拿来婚服为你换上，还有人梳起你的头发，披上盖头。你竟无力说话，全身都软绵绵的，眼睁睁看着自己随妇人们走出屋。

夜风里带着醉人的桃花香，隔着红盖头，你听见村中热闹极了，每个人都喜气洋洋。桌台上摆了红烛与合卺酒，穿红衣的男子正在桌旁等你。

是……江山宴吗？

你意识迷糊，抬脚便要向他走去，手腕上冰凉的镯子忽然勒紧，一阵刺痛传来，惊得你骤然清醒，你努力睁眼瞧着男子的脸——他并不是江山宴！

这群村民想要做什么？！

你不能自控地站在“夫君”面前，眼睁睁地看着他要掀你的红盖头，你拼命攥拳，终于积蓄起力量，朝着他的面门狠狠砸去！

镯子猛地一松。

锋利的箭矢燃着火划过你眼前，贯穿那“夫君”的胸膛，将他狠狠钉穿在树上，火苗猛地蹿起，又有几人被箭贯穿。来人手持弓箭，杀气腾腾，唇边扬起一抹怒极的笑意，如最危险的妖魔降临在村落里。

“一群蝼蚁，连我江山公子的人也敢夺？”

村民们哗然逃窜，扯碎了喜字，踏翻了灯烛。

村庄顷刻化作火场，江山宴自火光中大步朝你走来，红衣猎猎，他一把掀起你的红盖头：“那一拳不错，深得我真传。”

艳红的薄纱在眼前被掀开，你看清那张在火光里极美艳的脸庞，不禁惊喜地想笑，又有泪水涌出。

“看到我，就这么激动？”江山宴笑出声。

他顺手将精致的红盖头丢入火中，你看着它渐渐被火吞噬，薄纱上那刺金凤凰仿佛在奋力挣扎，最终被火海淹没。

“这玩意做工太劣，配不上你。”江山宴的目光毫不怜惜，“你若要戴着玩儿，我便让最好的绣娘为你缝一套。”

你连忙摇摇头，转开话题：“花……你采好了？”

“命都差点丢了，还惦记花？”江山宴哑然失笑，一扬手中的两朵药花，轻描淡写答，“那人领我到山里，居然妄想杀我灭口，便被我杀了。”

“花香有毒，我的力量被削弱了大半。”弓箭从他手中化作火焰消散，江山宴见你无力行走，不容分说将你一把抱起，大步前行，“你还记不记得出路？”

举目望去，火光将熄，那些村民的尸首竟消失了。茫茫夜色下出现了许多粉红白三色的桃花树，有的枯萎，有的盛放。你迷茫地让江山宴一路向前，却见前方是岔路口，左边路旁长着许多白桃花，右边则有许多粉桃花。

该往哪里走？

这些桃花，是否与楚越给的桃花图有千丝万缕的联系？

A 右转
跳转18（117页）

B左转
跳转19（118页）

17

你执箸吃了几口，招呼江山宴也过来吃，对方挑剔地扫了一眼饭菜，不为所动。

吃完饭容易困，你打个哈欠，不觉间竟趴在桌上睡着了。迷糊醒来，江山宴竟不在房中。

你揉揉眼睛向外走去，夜色浓重，不知为何走进一片灼灼桃林，香气迷人，令你不禁停下脚步。

真好看……想留在这儿……

你被自己的想法吓了一跳，想赶紧去找江山宴，却发现自己脚下生根，动弹不得。

你发现自己变成了一棵桃花树。

天亮之后，村庄缓缓浮现，村民们欢快地议论着。

“李嫂家多了个新媳妇呢。”

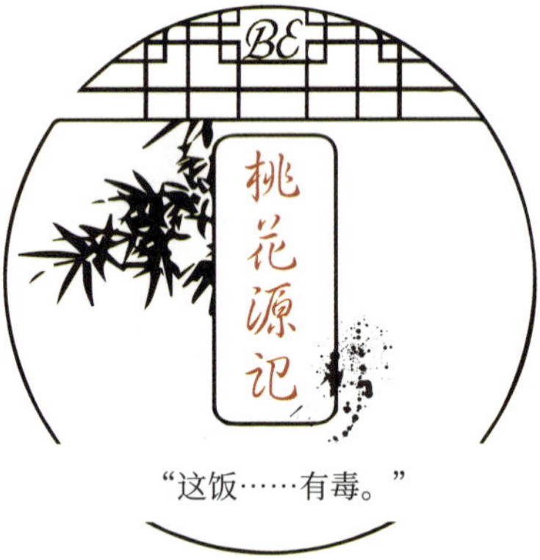

跳转15（113页）

18

你们向右走去。

你的状态渐渐好了些，便让江山宴放下你，勉强自己下来走路。江山宴无奈地瞥了你一眼，嫌弃地朝你伸手："抓住我。"

你笑着扯起他的袖角，随他在桃花林中向前。环顾四周，你心中忽然有种怪异感，出声询问："公子，你觉不觉得……这三色桃花很像那些村民的衣服颜色？"

江山宴毫不吃惊："世上什么精怪都有，这些桃花就是村民，怕是看中了你，想要强行掳去，让你也变成桃花。"

好可怕。

"他们算什么东西，也配？"江山宴余怒未消，一声冷笑，"你的手，只能让我来牵。"

你闻言咳了几声："多谢。"

正说着话，不小心碰到他的手背，竟十分冰凉，你吓了一跳："你受伤了？"

江山宴抽回手，神色如常："安心走你的路。"

下一个岔路口到了。

你仔细望着图，又看看眼前桃花林。

左边红桃花，右边粉桃花。

A 左边

跳转20（119页）

B右边

跳转22（123页）

19

夜色茫茫，不见尽头。

当你发现走错了方向的时候，一切好像已经太迟了。

哪里是路……

你浑浑噩噩地走着，连身旁的人何时消失的都不知道，连你自己何时……变成了一棵树也不知。

“此地与桃花图，是否冥冥对照？”

跳转16（115页）

20

乱花迷人眼。

江山宴的脚步竟愈发沉重，你走在前面，疑惑地一回头，见他伸手扶住了旁边的树干，捂着唇低咳。

你连忙跑过去扶住他，却被他毫不留情地抽回了手："有毒，别碰。"

"毒？"你错愕地抬头，看着他泛白的脸，一把抓起他长袖下的手，不顾江山宴出声阻拦，仔细看去，只见树木一样的纹路顺着他拿花的手指往上攀附，竟已木化至胳膊！

你惊讶得半天才说出话："莫非这怪花会让人木化，变成桃花树？你快放下它！"

"放下，那咱们此行不就白来了？"江山宴垂目扫一眼自己的手，冷笑道，"区区两朵破花，难得住我江山公子？"

"一株就够了，快扔下另一株！"你焦急地劝他，"万一到天亮都出不去，你岂不是……"

江山宴失去血色的薄唇微扬："实在出不去，便烧了这桃花林，若那群村民再现身，再杀他们一次，不就行了？"

不知不觉，你们走到了下一个岔路口。

左边白桃花，右边粉桃花。

A 左边
跳转24（125页）

B 右边
跳转25（126页）

21

雪色苍茫，箭矢黑压压地掠来，江山宴猛刺马腹，马儿嘶鸣狂奔，他再一扬手，漫天纸人化作红衣侍卫断后。

雪越下越急，越下越狂，万点飞白扑面涌来，后方追来的人影好似无数浮动的黑点，被你们渐渐甩开。雪吹得你睁不开眼，只能将脸深深地埋在江山宴的胸膛里。

马蹄声突然停住，前方飘来熟悉的笑声："恐怕容不得你这般放肆啊。"

狂雪中笑吟吟地站着个华服男子，手中稳稳地端着一盏小灯，正是杨夜白！

江山宴一声冷笑，又变出许多红衣侍卫，向天一扬，兵戈声起，以千军万马之势当头迎去："哦？放肆与否，要看国师今日是否拦得住我江山公子！"

漫天红衣侍卫竟在接触到杨夜白时轰然消失，化作盛大的火焰消散。江山宴挥兵再战，他力量有损，但面对杨夜白竟不落下风。二人法术相撞，引得飞雪逆流，长空战栗。

"可是是你骗我在先，你怀里的女人，不正是苏相卿派来的吗？"杨夜白双眸微弯，那颗泪痣显得格外阴柔，"我可是特意把七星副灯带出来了，也算你的荣幸。"

江山宴一箭脱手："便以此箭，感谢好意！"

杨夜白抬了抬小灯，漫天浩雪忽然化作锐利的刀，朝着你们刺来。

与此同时，那燃焰的利箭顷刻分散，穿透浩雪，散作燎原火星朝杨夜白扑去。

杨夜白退后半步，不慎被火星划破袖角，他皱了皱眉，一口气祭出三盏灯，幽幽悬浮，催动雪刃。

风雪骤然换了气场，天地失色，江山宴将你牢牢护在怀中，利雪割破了他的红衣，穿进他的身体。你瞳孔骤缩，正要出声，眼帘却被江山宴用力覆住。

“闭眼……不好看，别看。”

他猛刺马腹，顶着浩雪向远方飞驰，无数纸人忠诚地将杨夜白挡在后方，不知飞驰了多久，纸马消失，将你们摔落在雪中。

江面涌起过道。

你爬起来去扶江山宴，却见他身上被扎了许多血洞，长发散乱，像个破败的漂亮偶人。

你吃力地搀扶着他，艰难地步步顺着过道前行，雪中蜿蜒妖艳的红，蔓延了一路。

你一遍遍呼唤着他：“江山宴……”

千万人都盼着他死，唯独你祈求他活。

你一步一步搀扶着他往宫殿而去。失去了他的力量，所有的宫人都化作纸人，躺在冰凉的地上，原来这偌大而孤独的深宫，始终只囚禁着他一人。

你扶江山宴回到他的寝殿，小心翼翼地将他放在卧榻上，坐在他身旁，双手颤抖，慢慢解开他的衣服，不忍直视那些触目惊心的血洞。

“我这次连你的衣服都给扒了……你就不生气吗？”

血染满榻，江山宴一动不动，双目紧闭。

你眼前渐渐被泪水模糊。

不知哭了多久，一丝丝微弱的笑声飘入你耳中：“怎么这么吵？我半只脚都踏入幽冥地府了，生生被你给哭回来了。”

你胡乱擦擦眼泪，见他不知何时已睁开双眼，缓缓支撑起来，靠在榻上，似笑非笑地瞧着你："好了，别哭了，你夫君我不是还活着？这次的伤势虽然重了点儿，倒还死不了，回到这宫殿中，我的力量便回来了。"

你红着眼睛，挪开目光："我不是……"

"真可惜，早知道就再多躺一会儿，说不定能听见我娘子亲口说喜欢我。"

你……喜欢他吗？原来这就是喜欢吗？

见你犹豫，他轻轻笑了声："还是你心中另有顾虑？"

你的心事在他眼中无从遁形。

江山宴不是好人，历史中的他也不是，他们都出手狠厉，都被世人所唾弃，两个世界对他来讲都一样。可一旦回去，他便不是你所认识的江山宴了……他不会记得你。

然而……你的任务是找到命定者，取得他们的信任，并最终帮助他们回去。

喜欢这个词，原来这般沉重。

A 不喜欢
跳转30（136页）

B 喜欢
跳转34（142页）

22

你决定先向右，沿着粉色桃花一路向前，夜风里送来花香，让人阵阵眩晕。走了一段，前方又出现了岔路口。

左边红桃花，右边白桃花。

A 左边
跳转23(124页)

B 右边
跳转24（125页）

23

沿着红花向前走去，下一个岔路口依旧是红白两重花色，只不过这次左边换作白色，右边则是一望无尽的红桃花。

你担忧地看着江山宴。

他的脸正以肉眼可见的速度失去血色，手指也冰得吓人，但仍紧紧攥着那两朵花。

A 左边
跳转20（119页）

B 右边
跳转19（118页）

24

夜色茫茫，不见尽头。

你身边的人是谁……你渐渐忘却了。

你是谁……你不记得了。

不知何时，你发现自己变成了一棵桃花树。

莫非这一切都只是你作为桃花树的一场长梦？

你迷迷糊糊地闭上眼睛，陷入美梦。

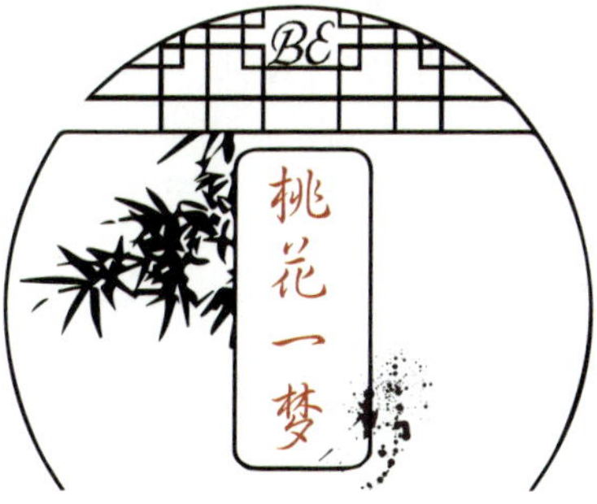

“此地与桃花图，是否冥冥对照？”

跳转16（115页）

25

终于到最后一条岔路了。你吃力地搀扶着江山宴，隔着衣料，摸到他半个身子已经木化，一路走来，他脸色惨白得吓人，一步步地挪着步子，连说话的力气也没多少了。

“不扔一株，你走不出去。”

江山宴虚弱地抬了抬眼皮，声音极轻：“这一株要给楚越。”

你微微一怔，原来他拼死护着花，是为了楚越？可他……不是骗了楚越吗？

察觉到你的心思，江山宴低声笑道：“抛却身份，这些年楚越真心待我，我自然也以诚意回报他，半分不假。”

“别逞强，你撑不住的。”你心中微震，叹了口气，伸手夺过两朵花，“我帮你带出去给楚越。”

噬骨的剧痛传来，血肉寸寸僵硬，钻心的疼让你痛呼出声，他是怎么忍住这剧痛的？

“你经不住。”江山宴皱了皱眉，“还给我。”

“别小瞧我，你能坚持这么久，我也能！”你一手拿花，一手扶住江山宴，忍痛迈步向前。

最后一个岔路口终于出现。

左边白花，右边粉花。

A 左边
跳转26（127页）

B 右边
跳转24（125页）

26

木化慢慢解除了。

走到天光亮起，桃花渐稀，你眼前发黑，与江山宴一同重重倒地。不知昏睡了多久，你被人蛮横地拎起来，丢到马车上。

“一看就是有钱人，弟兄们以后吃穿不愁喽！”

原来这是一群土匪，见江山宴衣衫华美，误以为是哪家的贵公子落难，想狠狠捞一笔赎金。你见喽啰还要往江山宴身上泼水，连忙出声：“我们家里有的是钱，想要多少都行！”

不多时，他们的老大过来，让你写了封空头信给家里人。

黑暗的车厢里只剩下你们二人，轻微的咳嗽声响起，江山宴衣发湿透，冰碴顺着发梢凝结，脸色惨白。

他微微发抖，仿佛置身让他恐惧的少年时期，一声声说着“对不起”。

“没事了。”你想了想，能重复的也只有这一句，“没事……”

冷不防被他拽入怀中，你吓一跳，下意识重重将他推开。江山宴一声闷哼，撞在车厢的硬木板上，你心道糟了，连忙又查看他有没有撞伤。

折腾半天，黑暗里低低的笑音忽然飘入耳中。

“我当何人如此大胆……果然是你。”

在你折腾的时候，他不知何时已从梦中转醒。

你再次被他紧紧揽住，几乎是跌坐在他怀里，正要挣扎，又听他道：“别动，数九寒天，你要是被冻坏了，我可不答应。”你只好乖乖坐下。江山宴静静地拥着你，不再说话，男子胸膛温热，你湿透的身子也渐渐暖了起来。

你靠着他的胸膛，眼皮打架，渐渐睡去。

土匪们回到寨中，你们被转移到柴房。江山宴虚弱的身子却并未好转，剧毒侵入体内，纵是他这般法术高强之人也抵挡不住，整日发烧，不能动弹。

那信本是你用来糊弄匪徒的，起初你还能趁开门送饭时讨来毛巾热水，为江山宴退烧，后来见你的信迟迟没人回应，匪徒们也愈发不耐烦起来。

柴房门锁忽然被人打开，那喽啰不耐烦地端着剩菜进来。你连忙起身去求药，不料赶上对方心情不好，骂骂咧咧地一把将你推摔在地："给你饭吃就不错了，还冲我要什么药？蹬鼻子上脸了！"

你没料到对方如此野蛮，愣在原地。

"不过，你这模样还生得不错。"不知怎的，小喽啰竟然看上了你。

黑暗里传来阴森的嗓音："你说什么？"

那土匪被吓得一哆嗦，原来是江山宴缓缓起了身。

"再不滚，等着我把你碎尸万段，挫骨扬灰？"江山宴慢慢地扶着墙走出，光线昏暗，看不清他的表情。

匪徒竟被他的威压惊得连连后退，咬牙切齿落下一句"你给我等着"，摔门而出。

"谢谢……"哪怕在危难时刻，这人对你也处处维护。

"你记得就好，以后可是要慢慢还的。"江山宴在你面前低下身，继续道，"只要有我在，我便不许其他人伤你分毫。我虽不是什么好人，但向来知恩图报。"

你心中恍惚，注意力全凝聚在某句话上。

A “知恩图报。”
跳转32（140页）

B “我不是什么好人。”
跳转29（135页）

27

又是入夜，寒气透骨，零星飞雪顺着铁窗飘进来。

身上脏兮兮的，你用盆里最后的水拼命地清洗自己，本以为能洗干净，可最后堪堪只够洗脸。

你叹气道：“脏兮兮的真难看……”

“有什么难看的？”

他修长的手指轻轻抚上你的脸侧，蘸着冰凉的水，亲手为你擦拭耳侧：“在我心里，你最好看。”

哪来的水？

再抬眼，才看清他手里原来是满满一捧洁净的新雪，都是方才费力从门缝下、窗沿上搜集的。江山宴用掌心的温度耐心将它们捂化成雪水，再细细替你梳洗。

看着他被冻得通红的指尖，你鼻子一酸：“那我和你比起来谁好看？”

江山宴不假思索地答道："当然还是我好看。"

你破涕为笑："你这人怎么这样！"

"哪样？"江山宴也勾唇一笑，慢悠悠道，"论世间美人，我配你还不够吗？"

糟糕……你连连咳嗽，迅速转移话题："你不怕冷吗？"

"等我们回去了，你愿意当我宫中的女主人吗？"

"这不是你跟楚越说的玩笑话吗？"

"这也是我想对你说的话。"

见你迟疑着不答话，江山宴利落地拿起个洁净的雪块，凑到你嘴边："张嘴。"

搜刮来的雪就剩这么点儿了，你于心不忍，正要开口，那雪块却已不容分说地被塞入你口中。

无色无味的雪，冰冰凉凉，在舌尖消融，无声地顺着喉咙，沁入肺腑。

你抬头对他笑："很甜。"

"当然了，我亲手喂的，"见你乖乖吃完，江山宴这才抬起指尖，用剩下的雪水润润发干的唇，懒洋洋道，"哪怕是最苦的黄连，也应是最甜的。"

跳转28（131页）

28

转眼又过了多日，柴房外风雪交加。

那些匪徒时常戏弄江山宴，说他若能在大雪中坚持两个时辰，便施舍药给他。

江山宴竟一言不发地承受了下来。

靠着匪徒偶尔施舍的药，他的力量也逐渐恢复。

望着你担忧的神情，江山宴似有所思，忽然一把将你拥入胸膛，语气颤抖："好冷……"

你心中狂跳："那……那你抱着我，有没有好一点？"

"没有，再多抱一会儿。"

听清他嗓音里强压的笑意，你有种受骗上当的感觉，抬头看他的表情，哪里有被冻僵的凄惨模样？你不轻不重地推开他："现在你的力量，已经恢复了？"

"虽不是全盛，但对付区区百人的匪寨，足够了。"江山宴笑了笑，慢条斯理地拂去红衣上的雪，动作优雅而从容，"你还记得那日觊觎你的人吗？那张脸我早就记住了，我要让他求死不能，后悔自己来到这世上。"

他一掌劈开柴房的门，面对众匪徒骇然的脸庞，散漫地打个响指，纸人在风雪中化作无数红衣刺客，自他身侧朝匪徒们冲去，雪中妖艳的血花接连绽放。

你站在柴房门口，望着山寨覆灭，奔逃的人如鬼影，哀号声不绝。

这些年来，不知有多少无辜的过路客枉死在这里，这些人死不足惜。

火光中走出来的江山公子，红衣与血同色，指尖还沾染着浓重的血腥，那些纸人在他身后，忠实而无情地提刀抹去寨里的生命。

火焰晕染上他艳冶而危险的笑脸和冰冷无情的瞳孔，他从火光中走来，居高临下地朝你伸手：“为夫给你报仇了。”

恐惧的传言很快四散传开，都说江山公子火烧某处山寨，屠杀寨中百人，大理寺正在附近查案，匆匆赶到时，见到现场惨不忍睹。

江山宴的马车大摇大摆地从城中路过，听清传言，他轻蔑地笑了。

这一路你沉沉睡着，连何时到了楚越家都不知。

“你醒了？”

你缓缓睁眼，见楚家娘子在床边笑着晃你的胳膊，楚越端着药进屋，她连忙将双手背在身后，快步出屋去了。

你缓缓坐起：“多谢楚兄，晏江在哪儿呢？”

“帮我看药炉呢，让他帮忙煮个药，糊了好几次。”楚越无可奈何地笑答，将药碗递来，“你们真找到了长命花？”

你正要说话，忽然听见外屋传出女子惊恐的尖叫。

楚越变了脸色，向外跑去。

楚家娘子旧病发作，此刻正被楚越抱在怀里，瑟瑟发抖。楚越脸色一变，皱眉摇头，想要安慰娘子，当他听清娘子说出的话后，脸色也渐渐泛白。

怎么回事？

江山宴出现在外屋，楚越起身跟他说话。

你一头雾水地躺在床上，见江山宴走来，开口问道：“怎么了？”

“说是娘子旧疾复发，他要出去采药。”江山宴衣袍上还带着汤药的焦味。

楚越这一去就是大半天，再回来时，他竟然满身都是雪水灰土，狼狈得很。

江山宴嘲弄他：“你这是去采药，不是药采你？”

楚越没心情开玩笑，他盯着你们，半晌挪开目光："没事，不曾好好招待，你们要在院里喝茶吗？"

"好。"

热气在雪色里浮动，你慢慢喝下热茶，听二人说话。

"晏兄可还记得你我初识的时候？"

"当然。"江山宴放下空茶盏，"当时你又拒诊，被匪徒打得奄奄一息，是我出手救的你。"

你沉默着，预感到不妙。

楚越慢慢点头，他手里的茶一口未动："你说，你叫晏江，是出来闯荡的世家子弟……你见我娘子的时候，说她真是个可怜人。"

"一个人要有多厚的脸皮，才能坦然说出这句话？"他失魂落魄，轻声问，"是不是，宴江兄，江山宴？"

江山宴变了脸色，猛地起身。

茶桌被他起身的动作打翻，楚越抚上袖上沾染的茶渍，语气渐冷："你欺骗我，可是因为有趣？看着我与娘子慢慢绝望，你可感到痛快？"

他怎会知道真相？！

楚越看穿你的震惊，声音颤抖："若不是这镯子被我娘子认出来，我还要被你们苦苦骗下去！"

你愣了下，猛地抬手，原来楚家娘子趁你昏迷时，看到你的镯子！

"起初是我骗你不假，可……"江山宴皱眉。

"够了！"楚越厉喝，他仿佛被抽走所有的力气，慢慢抬头，冷冷盯着脸色惨白的江山宴，一字一顿，"我为自己看走眼，交了你这个朋友为耻。"

楚越视恶人如眼中钉，素来容不得半点沙子，没想到自己日夜仇恨的魔头，竟成为他最要好的友人，站在他面前。

江山宴脸色一沉："你究竟出去做了什么？"

"出去告官，大理寺卿就在附近办案，他们很快就会过来。"楚越顿了顿，"江山公子忽然现身，屠了山寨百余口人，手段残忍，惊动了大理寺。"

"那是因为他们趁我虚弱……"

楚越打断他，嘲讽道："江山公子也会虚弱？"

"当然会。"江山宴怒极反笑，"你可知我一身伤是如何来的？"

"常人携带那毒花必死无疑，为了给你多带一份，我堂堂江山公子竟落得一身伤！当年我在歌楼受的折磨，你那疯娘子想必也半句话都没对你提过！"

楚越与他对视，目光里的愤怒随着江山宴的话语转为错愕，他被江山宴冷冷甩开，踉跄两下，勉强在雪里站定，语气颤抖："我……要怎么相信你们？"

"花在这里！"你忙从衣襟里拿出两株花。

下一刻，枯花见光，寸寸化作粉尘，从你的指隙滑落。

你恍惚失神，喃喃低语："原来……这花带不出来……"

江山宴的养母注定无法救治。

江山宴恨恨地踩上地面的枯花，将它们彻底碾碎，一字一顿："这是我送你的礼物。"

楚越张了张嘴，望着他多年来唯一的友人，眼神迷惘而破碎。

远处传来马蹄声，雪色里人影浮动，如潮水从四方包围，停在院前，是黑衣森然的官差。

"江山公子。"

熟悉的嗓音响起，比雪气还凉薄，是誉知行那熟悉的脸庞。

他在马上淡淡朝你望过来："本官立刻救你出去。"

"你休想带走她！"

江山宴大笑，一洒手里的纸人，纸人纷纷扬扬，在雪中化作红衣护卫，朝官差们冲去。你冲出院门，想要阻止却无可奈何。

你见江山宴正抛纸化弓对准誉知行，弓如满月，杀意凛然。

A 阻止
跳转31（140页）

B 放任
跳转33（141页）

29

是啊……他是江山公子，他迟早会恢复力量从这里出去，或许他对你是一片真心，可他待众生依然如蝼蚁。他赤诚相待的，向来都是对他有恩之人，他杀伐随意的，从来都是芸芸众生。

不知为何，这句话始终在你心头萦绕不去。

就如同那少年惊恐的脸庞，如同那些匪徒得到力量后嚣张的笑容。

这些都让你无法忘却。

跳转27（129页）

30

你慢慢别开目光。

江山宴沉默片刻，微垂长睫，笑了笑："求而不得，原来是这种感觉。"

一抹最艳烈的血色夕阳，渐渐转为暗淡的长夜。

错就是错，有朝一日终将偿还。你只是无意窥见了江山公子难得柔情的一面，却不能代替世人擅自原谅他。

喜欢一个人，真的是很困难的事。

"那么，你是希望我献身拯救这里？"江山宴很快恢复如常，慵懒开口。

"我没办法强迫你，一切……凭你意愿。"

"好。"江山宴眉眼间仍有笑意，却问，"等我这伤好些，不妨带你去京城瞧瞧？京城有座摘星楼，手可摘星，你一定会感兴趣。"

在江山公子殿里的日子依然悠悠地过着，仿佛有什么不一样，又什么都没有变。你每日都去探望江山宴，看他的伤势以可见的速度一日日好转起来，薄春乍暖的时候，你们埋葬了他病逝的养母，决定动身去京城瞧瞧。

你已快要忘却当时关于命定者的谈话，专心将注意力投进繁华的京城中。

刚过元日的京城，热闹的气氛仍未消散，夜市游人熙攘，穿行如织，青石道上还铺着残余的爆竹屑。主道上，不知谁家公子引得游人争相围观，推推搡搡，你们的马车竟寸步难行。

你好奇地往外瞧着，连连惊呼。

“真是没见过世面。”江山宴嗤笑，见你目不转睛地看热闹，他不轻不重地伸手挪回你的脸，长睫一眨，“你夫君的美貌就在眼前，你居然去看那些凡夫俗子？”

直到你被他盯得心神意乱，面红耳赤，他才又笑一声松开你，轻飘飘道：“看好了。”

说罢他打个响指，华贵马车忽然卸去伪装，剥落成江山公子座驾的妖艳颜色。

四周百姓神情错愕，只见江山宴悠悠抬手一拨帘，笑望车外，人群立刻惊恐地远远逃窜，繁华的市井顿时人仰马翻，那出风头的公子早不知逃往何处去了。

“你！”你惊恐地睁大了眼，扑过去一把掀下车帘，“国师和大理寺都在京城，你……你疯了？！”

你还要说话，忽然被他笑盈盈地伸手一揽，跌坐在他腿上。他指尖一抬，覆住你的唇：“嘘。”

马车在空旷的主道上徐徐向摘星楼驶去，隔岸的游人拥挤得仿佛要掉下水来，你惊讶地望去，看见无数百姓推搡议论着，无数姑娘羞赧地瞧着，又害怕又想看。

你嗫嚅着：“她们，怎么……”

江山宴早料到你心中所想，放声一笑：“不过是觊觎我的美貌罢了。”

接着，他又漫不经心道：“我走了，你真的舍得？再看不见我这张脸，不难过吗？”

走？

他与你相视，悠悠一笑。

原来这只是卸下一切后的释然，原来他早已做好最后的打算。

隔岸十里人家，皆被看热闹的百姓占满。江山宴在无数艳羡疯狂的目光中下了马车，将你一把抱起："把脸埋在我怀里，别让他们瞧了去。"

"为什么？"

"我江山公子寻觅不得的珍宝，凭什么轻易要叫他们瞧了去？"

他抱着你，在万千瞩目中登上摘星楼，凭栏临风，远眺京城，将这座城的每一处繁华都尽收眼底。

你抬头远望，满天星辰仿佛触手可及，又听身侧衣袍轻响，江山宴轻飘飘地跃上临风栏，他笑着望向你，璀璨的灯盏照亮那一袭艳红的衣裳，光线精心描摹出他的侧脸，下方满京的繁华，竟通通都不及他回眸间的光华潋滟。

"你想不想看烟火？"

"想。"你点点头，疑惑问，"可你去哪儿弄烟火……"

"你可别忘了，我是江山公子。你想要什么，我便给你什么。就算你想要这天上的月亮，我也能想办法给你摘下来。"

他打个响指，顷刻之间，绚烂的烟火忽而自长空蹿起，在满目星河之间散开，五色交替，照亮游人们的脸庞。那些欢笑着的、艳羡着的、匆匆执刀赶来的人们……再看城下，满城绯红，花雨催开，来者纷纷驻足惊呼。

你心中惊艳到无以复加："太美了。"

"我要让你记住我，让你每次看到烟火，便想起我。"

摘星阁之上，江山宴字字肺腑，声声衷情："无数世人倾慕我江山公子，我江山公子却独爱你一人，此心此情，世人为证，日月可鉴。"

他在临风栏上笑着说罢——你抬手向他抓去，眼睁睁见他身影一斜，向下方无数灯火坠去，携着绯红花雨自长空坠落。

江山公子消失了。

匆匆赶来的官差与侠士们搜遍了摘星阁，只找到了在高楼之巅发愣的你。他们带你下了高楼，恍恍惚惚中，你独独听清了一句问话。

“姑娘，是他强行掳了你？”

剩下的话你终究没有听清，你脑海中盘旋起江山宴离去前，最后那句话。

“不，是我虏了他。”你朝官差一笑，裹紧外袍，在诸多困惑的目光里缓缓迈步，向满京繁华中走去。

“我愿抛却江山公子之名，回到历史中做那暗箭伤人之人。我愿献身拯救这世人，不为芸芸众生，不为山河社稷……只为你一人。”

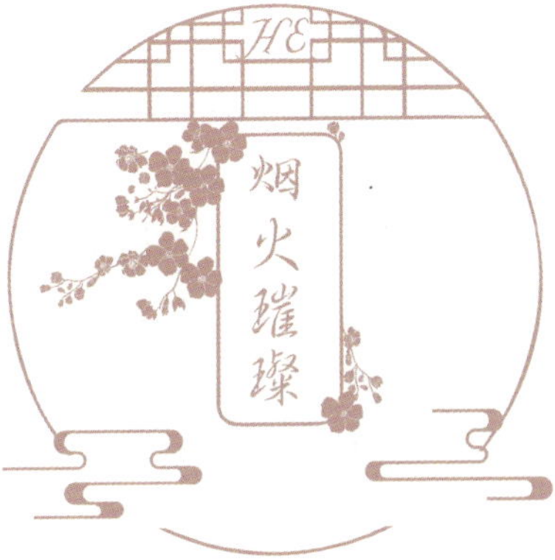

获得七星灯碎片 +1，

集齐所有碎片，可开启隐藏结局。

31

“射完这一箭，就真的回不了头了！”你朝江山宴踉跄跑去，撕心裂肺地在雪中高喊，眼中涌出泪水，紧紧抓住他的双手。

如同他在历史里射下的那一箭。

“考叔……”江山宴从杀意中惊醒，如同梦呓，他很快从片刻的失神中清醒，抛出纸人变出骏马，扶你坐稳，一声高喝，“走！”

跳转21（120页）

32

知恩图报。对他好的，他便十倍百倍奉还，对他不好的，他也千倍万倍报复回去。只要他觉得应该去做，他就会义无反顾地去做。

你抬起头，认真地望着他：“记得我说过的话吗？若你遇到的是我，我绝不会让你误入歧途。”

江山宴慢慢抬起头，眼中亮起从未有过的奇异光彩，连他自己也未察觉，他的薄唇正一分分地扬起，如同这冬日里稀薄却耀眼的雪后晴光。

“现在遇到你，”他笑道，“也为时不晚。”

跳转27（129页）

33

你想阻止，利箭却早已掠出，没入誉知行的胸膛，他病弱的脸庞更加苍白，无声地栽下马。

你睁大了眼，不敢置信。

江山宴大笑，打了个响指，红衣侍卫们再次杀去，你眼睁睁看着官差们方寸大乱，被侍卫们团团包围，雪色里绽开无数朵血花。

一切都乱了，你的耳畔只有江山公子的狂笑。

“江山宴！”

你听清自己撕心裂肺的嗓音穿透风雪。江山宴错愕地回头，被你紧紧抓住了胳膊：“咱们走吧……他们不是恶人，他们只是来办案的官差，还记得你当初答应我的事吗？”

弓箭从他手中化作火焰飞散，江山宴声音平静：“好。”

跳转21（120页）

34

“我喜欢你。”

“喜欢”这个词，明明万分沉重，说出来却又如此轻描淡写。

你的目光温柔而坚定：“我了解你的过往，所以理解你的痛苦和挣扎，也坚信我能将你救赎。”

“若迟迟救赎不了呢？”江山宴笑望着你。

“那就一年。”

“若我自甘堕落，一年救赎不了呢？”

“那就十年。”

“若我罪孽深重，十年也救赎不了呢？”

“那就……一辈子。”

“那就……说好了一辈子。”殊不知他正等着这句话，你猝不及防被拽入一个温暖的怀抱中，他笑盈盈地与你额头相抵，鼻尖相碰，美人衣袍间暗香浮动，惹得人鼻尖痒痒，心也痒痒。

你红着脸道：“别闹……”

“我是这世上最美的人，理应得到世上最好的东西，如今我已经得到了，就再也不会松手了。”

“我这罪恶滔天的坏人，从此以后只对你一人钟情，如何？”

冬去春来，花园内再添春色的时候，江山宴在这儿种满了你最喜欢的花，你们时常漫步花间，同赏盛景。

今日看花，花胜去年红。

江山宴却不看花，只笑着望向你，看得你脸上发烫。你不好意思道：“你怎么不看啊？这么美的花，过去了可就要等来年了……”

“我在看我的花。”江山宴笑望着你，一本正经道，“这么美的花，我一直在看呢。”

这人……三言两句都不离调戏你。

你专心看花，却忽然被他笑盈盈地迎面压来，伸手将你挡在花树下：“花好看？花哪里比得上我好看。不许再盯着它们看了，来，盯着我看。”

“你这么大个人了，跟花吃什么醋？”你好气又好笑。

江山宴挑起你的下巴，笑道：“我要将殿里种满你最喜欢的花，让你天天看，月月看，年年看，你若看够了，我便挖了它们种上别的，直到你这双眼睛老到看不动花为止。”

“到时候已经走过了一世，我们便葬在这花下，来世再来个花下重逢，你意下可好？”

第二章

世上有许多害我之人，

可我不愿因为复仇，失去唯一一个你。

1

你低头吃面，他也不再言语，两碗面很快见底，誉知行将府邸方位告知你，自己则牵起马缰，向街巷尽头走去。

寻路而往，果然有处宅邸。听下人讲，有位神秘公子写信托人买下这宅子后就从未入住过，只说要是有个名字符合的姑娘来，她就是这里的新主人了。

苏相卿连这种事都提前布局好了，他究竟心思缜密到何等程度？

你拿起记忆碎片仔细查看。

对着牌面仔细寻找线索，会不会有命定者就在京城？几经寻找，你在碎片中得知线索：这位命定者已被养父杨夜白卖入黑市，受困至今。

美貌的鲜卑人……大抵很好找？

你乐观想着，叫丫鬟出去置办了一身少年郎的装束，此番去黑市，还是谨慎些好。对镜捣鼓很久，见镜中少年清清瘦瘦，眼眸明亮。

你勾唇笑，镜中少年亦勾唇笑。

入夜后的京城，便是另一个京城了，那些华灯覆盖不到的角落，会滋生出许多漆黑的藤蔓，节节交错，正如你眼前七拐八绕的巷弄过道。

这条街虽没有想象里的群魔乱舞的景象，但细细观察，却能发现许多异样：年老色衰的乐姬唱着过时的词曲、被逐的朝堂客正一杯杯地借酒消愁、落魄江湖客醉倒在酒肆旁，身上倚着“劫货杀人”的牌子。

你紧紧捏住先前备好的袖箭，猜想着那位命定者应在何处。

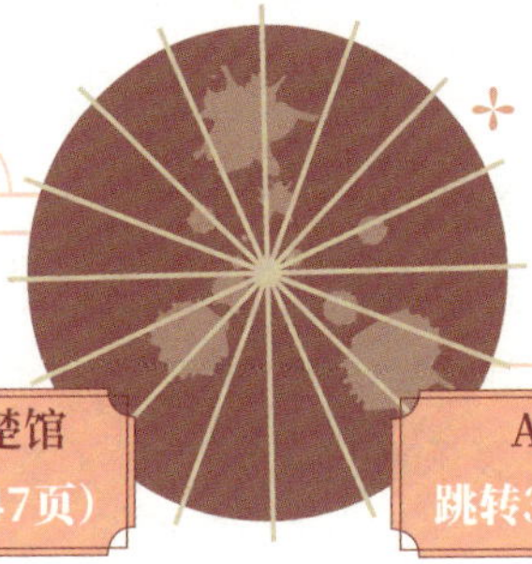

A 秦楼楚馆
跳转2（147页）

A 斗兽场
跳转3（148页）

2

据史料记载，这位命定者作为西燕第一美男，既然能让苻坚钟情，大抵……沦落到秦楼楚馆也说不定?

希望能尽快找到他，又不希望在此处找到他。楼中人见你出手阔气,忙笑着相迎,但见你打听一位美貌的鲜卑人,又纷纷变了脸色。

“多年前这里是买过一位极漂亮的外族少年不错，但他脾气倔得很，一连伤了好几位客人，每每必往死里动手，饿也没用，打也不服，哪有人还敢收他啊？”

你听得不适：“那他现在沦落何处？”

“好像被人卖到斗兽场去了，估计早就死了吧！”

你匆匆告辞，快步向斗兽场走去。

跳转3（148页）

3

此地便是黑市斗兽场了。

灯笼亮如白昼，你随看客们大摇大摆往里走，入口处站着个小厮，横眼将你拦下。你心中一跳，镇定道："什么事？"

"生面孔啊。"小厮乐道，"小子，偷了家里多少钱来学人家玩下注？"

下注？莫非和赛马一个规矩？

"我凭银子说话，管我哪来的。"你从怀中掏出苏相卿留在府上的银票，晃了晃，"这些够不够说话？"

小厮立刻睁大了眼："原来是阔少爷，您里面请！"

你哼了声，揣起银票往里走。这斗兽场和赛马场一样，看客们先挑奴隶押注，再进场子看斗兽，赢了便有钱拿。

看客们影影绰绰，围着许多笼子议论着。

"买这个稳赢！"

"这个看着都快死了，能打得过熊？"

你努力挤进去，冷不防看清铁笼里关着活人，不禁惊呼，引来周遭许多嘲笑声。你强忍不适，装作不好意思，虚心求教："这些是？"

"小子第一次来？这些是奴隶，过会儿有人拉他们去场子斗兽，赌输赌赢全看你眼光了！"

铁锈的笼子里传来阵阵令人作呕的气味，笼内的奴隶或坐或站，有人麻木，有人仇恨，还有几个奄奄一息被冷落在一旁。

"押他稳赢！"

看客口中稳赢的奴隶，此时正倚在笼中闭目养神。

最吸引你的是他那一头金色长发，垂落腰身，被早已干涸的血迹浸湿，贴在比常人更白皙的脸上，你借着暗沉的火光仔细望去，

发现他虽落魄，五官却极具异域风情的俊美，让你想起倦怠慵懒的波斯猫。

这人虽然极尽狼狈，骨子里却有种浑然天成的气度，旁边有奴隶怒吼或哀哭，倘若扰得他皱下眉，四下奴隶立刻安静下去，眼神敬畏。

木牌上写着他的名字“长陵”。

恐怕就是他了！

他长睫微颤，忽然抬眸冷冷注视着你，那双眼眸也是极漂亮的：左眼碧绿如翡翠，右眼澈蓝似深海，被这样一双异色瞳注视着，你竟有种惊艳目眩之感，脱口而出：“这样的人……怎么会在这里？”

旁边看客却曲解了你的意思，哂笑道：“小子，你别看他生得好看，骨子里可没多少人情味，有多少人冒冒失失把他买回家，没等享受一番就被他打个半死。省省吧。”

你没吱声，眼里不自觉闪过一抹厌恶。

看客们纷纷往场内涌去，斗兽即将开始，小厮拉着笼下的板车往场下去，嚷着“不下注不能进场”。你连忙举着银票高嚷：“我我我！”

“小爷押哪位？”

“他，就他了。”你坚定地指向被带走的长陵，“所有的钱，我押他赢。”

板车木轮隆隆作响，长陵坐在笼中，渐渐在灯火暗淡的过道里远去。他慢慢仰起头，听着众人喧哗声，在浸入骨髓的秋意里缓缓呼出一口白雾。

看客们的欢呼震天响，此时有黑熊与奴隶入场。那黑熊饿了很久，两眼冒光，那奴隶东躲西闪，斗不过力气恐怖的野兽，不一会儿便被扑倒在地。

眼看一条人命就要被活生生吞噬，你皱眉挪开目光。却猛然又听得钝器碰撞之音，“铛铛”扫过席间，音浪震荡耳膜，不少看客捂耳，那黑熊也摇摇晃晃，退后几步。

场外缓缓走出另一个奴隶，你定睛望去，正是长陵。他手持剑盾猛击，将黑熊从那奴隶身旁引开，垂死的奴隶感激地看他一眼，勉强起身朝外走去。

你松了口气。

比起被激怒的黑熊，反而是长陵步伐更老练，如耐心捕食的猎豹，他闪身躲过黑熊猛扑，趁机举剑斩去，一剑切下熊鼻，痛得黑熊左右摇晃，连连抬爪，长陵眼神沉着，退开几步，戏耍般消耗着熊的体力。

迟一步错一步，都是性命攸关的事。

你心中紧张，不觉间竟手心全是汗，正苦想要如何救他远离这是非之地？忽然听看客欢呼，原来这头熊被长陵一剑贯穿心脏，扑通倒地后，场中竟放了更大的黑熊进来，它从背后偷袭，重重将长陵扑倒在地，大口咬下！

剑盾被甩在一旁，长陵紧皱着眉，身体紧绷如弓弦，努力伸手抓去，那黑熊锋利的犬齿却猛地没入他的肩头！你忍不住站起身：人都快死了，砸钱也要把他救下来！

正寻小厮，场内又起变化，长陵紧握住剑柄，神情冷若寒潭，挥舞寒光，朝黑熊的眼睛、鼻子重重劈砍。不知砍了多少下，饥饿的黑熊吃痛松口，长陵不顾身上鲜血淋漓，双手拎剑朝瞎眼黑熊刺去。

剑光凛冽，一击贯穿黑熊心脏！

无数人激动雀跃，只有你心中不忍，不知是错觉还是直觉，长陵也独独朝你这边一瞥。那是隐忍而沉默的一双猫儿似的碧眸，见惯了人情冷暖的冷漠，乃至麻木。

他越过熊的尸体，大步朝场外走去，留下一路刺眼的鲜红足印。你随之绕去，要闯入奴隶们所在的暗室，立刻有小厮过来拦住你。

你摸出银票："够不够我进去买一个人？"

小厮睁大了眼。

暗室里发出阵阵腐臭味，满身是伤的奴隶们被随意丢在这里。有小厮不屑地丢下馒头和熟肉，如同投喂野兽，奴隶们立刻双眼冒光，却无一敢上去争抢，大家都偷偷瞥着阴影里歇息的那人。

长陵悄无声息地靠坐在阴影里，几乎要与黑暗融为一体，他拿起较好的那块肉，看了看，却抛给了方才在熊口下垂死的汉子。

其他奴隶终于开始动手抢肉。

"我买他。"你庆幸自己多带了几张银票，"方才得胜的钱我也不要了，够不够？"

听你朗朗说出这句话，长陵连眼都没抬。

小厮忙请来管事的商量，隐隐听见"这长陵平日便不好管教……"不多时，管事的恭恭敬敬递来文书："按个手印，人您马上能带走！"

那手印处，仔细查看，似乎能发现什么蛛丝马迹，但眼下对于你来讲似乎没有用处。

获得道具：卖身契

不多时，小厮领长陵缓缓走来，谨慎起见，他手上还扣着沉重的枷锁。你接过铁链另一端，朝斗兽场外去，长陵默不作声跟在后面，赤足踩碎甬道的薄冰，踏在第一缕破晓的晨光上，他终于慢慢抬起头。

他微微眯眼，异色瞳闪烁着光亮，沾染血腥的长发在薄光下如烁金般耀眼。京城此刻晨光熹微，残余着昨夜的烟火气，你朝他宽慰地笑了笑：“我是来帮你的。”

“帮我？”长陵声音很低，垂了垂眼，扫一眼禁锢自己双手的枷锁。他本就生得漂亮，这动作竟有几分惹人垂怜。

A 解开
跳转4（154页）

A 暂时不解
跳转5（155页）

4

你心中不忍，替他解开枷锁："好了，这下你可以相信我了吧？"

长陵揉着青紫的手腕，似有所思地盯着你。

你正要领他往府里去，却听得身后夜风般逼近的声响，愕然回头，只来得及看清对方眼里冰冷的杀意，那锁链牢牢缠在你的脖颈，被他用力一勒。

"你，很不聪明。"

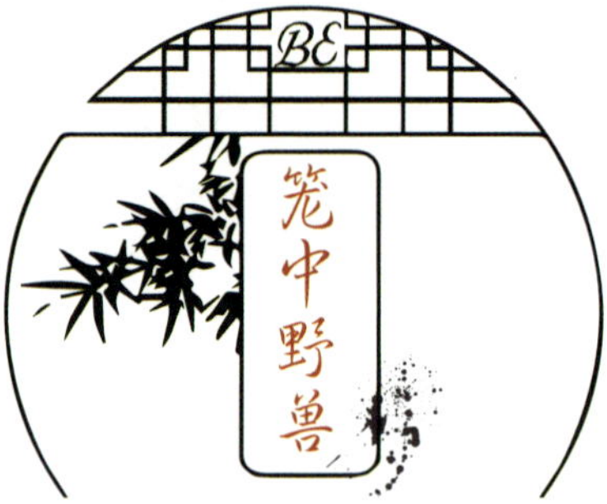

要善良，亦要有最坏的设想。

跳转3（153页）

5

你鬼使神差地伸手，几乎要解开他的枷锁，却在最后一刻缩回了手，朝他歉意笑笑："对不住，为我的安全着想，我回去再给你解。"

长陵面无表情地抬眼，方才颇有几分可怜的模样立刻烟消云散，他的双眸依旧冷若寒潭。

一路避开行人往府里走，管他能不能听懂，你先把命定者的事一股脑倒了出来。

"如果你想回家乡，我可以送你回去。"

对方没说同意，也没说不同意。你回头看，他微微眯着异色瞳无声望来，身上几乎衣不遮体，在晨光里勾勒出修长的身形，你忙挪开眼："到了……这就是我家。"

守门人迎你们进来，诧异地打量长陵，忽然惊呼。

你疑惑回头，却见长陵身子摇晃，竟沉沉朝你压来，昏了过去。你用尽力气将这个比你高大许多的男人扶起，嗅到他身上浓重的血腥味，瞥见他身上交错的伤痕，不禁心惊："快请郎中！"

忙了一通，你又叮嘱下人看好，他若想逃，打晕也得让他留下养伤。你终于得以回房歇息，卸去少年装束往床上一躺，全身累得好似散了架。

好累啊。

要等他信任你之后再慢慢来……眼皮不住打架。不知过了多久，急促的敲门声将你惊醒："姑娘，不好了！"

你跳下床诧异地问："人跑了？"

"没跑，是个疯子！"小丫鬟急得跺脚，"郎中都被他打伤了！"

你快步朝偏屋去，听里面"哎哟"一声，郎中龇牙咧嘴地走出来："就没见过这么凶狠的伤患！"

你脑子里嗡嗡响，硬着头皮赔罪，让下人在外守着，听见不对就赶紧冲进来救你。

你小心推门，然而什么都没发生，长陵沉沉地躺在床上。

在床上怎么打人的？

他发着高烧，胸口急促起伏，整个人绷紧，喃喃自语。你凑过去细听，听得断断续续的鲜卑语，夹杂着中原话："大燕……父王……"

"讨苻坚……"

莫非他已恢复了许多记忆？

你唤了几声想推醒他，不料胳膊忽然被他抓住，眼前一晕，天旋地转，你已被对方压在床上扼住了喉咙。他的金发末梢在你脸上轻轻蹭过，浅浅的痒，双眼却冰冷而警惕："你……"

在床上真的能打人！

你错愕呼救，挣扎推搡，发簪不慎掉落，长发散落在枕上，对方的手却忽地松开了。

他此时垂目注视着你，眼神悲伤，好似寻不到族群的幼狼，薄唇微颤，嗫嚅开口："阿姐……"

阿姐？

你顺势重重一推，翻身坐起，长陵闷哼一声被你摔回床上。外面响起下人的呼声，拎着武器纷纷闯入屋内，却见是你坐在人家身上，手按在人家胸膛，你身下的异域美男则楚楚可怜，衣发凌乱。

众人纷纷傻眼："姑娘？"

偏偏在这时候闯进来！

你脸上红白一阵："不，不是你们想象那样……算了算了，你们先出去。"

下人们眼神古怪看，面面相觑，连忙退出，还好心地关了门。

"你这人是不是故意的？"你心中恼怒，瞪向长陵。却见他脸上的警惕转为悲伤惧怕，像是掉队的幼狼，眼睁睁看着可怕的妖怪逼近。

“不……不要过来……”

你心中莫名柔软了一下，缩回手，从他身上退开：“我不会伤害你。”

见他长睫微颤，你伸手覆上他的眼帘，轻声道：“你若信我，就醒来吧。”

对方紧紧握住你的手指，你迟疑了下，任他握了一会儿才慢慢松开。长陵缓缓睁开异色瞳，注视着你，渐渐清醒起来。

你抽回手，对他抚慰一笑：“我说过，我是来救你的，我会送你回家乡。”

“家乡？”他平静地注视着你，沉沉道，“不留恋。”

“命定者的事我们之后再说，杀我对你没好处。”你也回望着他，“以你的身手，我府上的人加起来都拦不住，但你也就失去了这个机会和栖身之地。”

毕竟眼下屋里只有你与他二人，杀你简直易如反掌，你表面镇定地退了退，朝他一笑：“你再打人，就真请不到郎中了。”

长陵却挪开目光，眼神定定地打量起软帐的花纹来。你转身朝屋外走去，听到一声闷闷的回应：“你和梦里的阿姐……很像。”

你轻轻地笑：“那就暂且把我当作你阿姐吧。”

郎中忙了不少时辰后，才满头大汗地出来：“姑娘放宽心，静养数月就好了。”

外族人骁勇善战，不至于死在高烧里，只不过他身上鞭痕遍布，很多暗伤难以根治，想必是常年挨打挨饿的缘故。

你吩咐厨子杀鸡炖汤，晚膳时给他送去，自己则回房研究记忆碎片。夕阳渐沉，你点起灯盏，秋夜静谧，烛泪不知又垂下几滴，敲门声再响，如豆般的烛火被你起身时的微风拂得一跳。

是送晚膳的丫鬟。

你笑着道谢，随口问道："长陵用过膳了？"

丫鬟支支吾吾："大家都笑他呢……"

"为什么？"

"他、他抓起筷子比画了几下，好像不会用……就丢下筷子撕着炖鸡吃呢，就连掉在地上的饭粒都捡着吃。"

在黑市被当作野兽养了太久，便忘了该如何做一个正常人，忘了吃饭要执箸，也忘了橘子要剥皮，拿起咬一口，涩得直皱眉。

你轻轻叹气，不知该心疼还是头疼，决定过去瞧瞧。远远听见院后响起嘲笑声"你把橘子给他，看他剥不剥皮"，见你过来，小丫鬟们连忙散了。

长陵静静坐在阶前，平静地用手撕开鸡肉吃。他穿着崭新的暗蓝劲装，光辉之下长发如碎金，见你过来，无声抬了抬猫儿似的眼睛，柔光里五官英俊，薄唇微抿。

你毫不介意地上灰尘，坐在他身旁，宽慰道："她们没见过外族人，没有恶意的。"

长陵将肉送入口中，慢慢咽下，嗓音沉静："所有的族类都会排外，人也是，外貌或作风独特的同类，总要受到众人稀奇地嘲弄。"

你惊奇地眨眨眼，着实没料到他会有如此感悟，不禁轻轻一笑："是啊，今天在这里住得习惯吗？"

"不太习惯。"长陵并不掩饰，直言回答。

"那……饭菜可口吗？"

"还好。"

……真是个能把天聊死的人啊。

你吩咐下人再拿两双筷子来，教他如何执箸吃饭。

长陵右掌有力，指尖修长，用惯了各种武器，却不习惯用这两根细细的筷子，动作僵硬，半天才夹起一块肉。那些掉落在地的肉，他动作平常地要捡起吃掉，你急切之下抓住他的手：“别吃！”

他平静地望过来：“为什么？”

“脏，吃了生病。”你轻咳一声，松开他的手。

他又垂目打量着沾了灰土的肉，手一松，任着它落地：“我不会生病。”

黑市的一幕幕忽地浮现在脑海中，小厮将熟肉丢入笼中，奴隶们哄抢着往嘴里塞……你心中顿生苦涩，缓缓开口：“你放心吧，在我这里，我不会让你捡东西吃，我说到做到。”

长陵平静地望着你：“你需要我做什么？”

“什么都不需要，你好好养伤就行。”你摇摇头，见他吃完了饭菜，正拿起一个橘子要吃，你连忙接过，在他眼前慢慢剥开，“许多水果要剥了皮再吃，不然很苦，知道吗？”

“知道了。”

想到小丫鬟们的戏弄笑声，你皱了皱眉：“你放心，我去说说，她们不会再这么过分了。”

长陵手里拿着剥好的橘子，送入口中一瓣，慢慢品尝着它的甜味，平静出声：“无论她们目的如何，这些橘子，最终都在我手里。”

你疑惑地望着他。

“很久以前，村里有个傻孩子，每次大人戏弄他，都会拿出一个铜板，和五个铜板，让他挑。”长陵望着橘子，缓缓开口，却讲起了故事，“傻孩子每次都要挑一个铜板的，逗得大人哄堂大笑，乐此不疲。一个铜板一个铜板，攒多了，最后傻孩子手里的铜板，比所有的孩子都多。”

你愣了愣，扑哧一笑：“原来这个傻孩子才是最聪明的啊！大人们都被他耍了还蒙在鼓里呢。”

“想不到你不仅中原话讲得好，还会讲故事。”你饶有兴致地坐近些，抬头看他，“你还会讲什么啊，讲给我听听？”

他吃着橘子不说话。

你不愿放弃这个套近乎的机会，锲而不舍地追问，还热情地帮他剥橘子吃。长陵被你磨得实在无奈，微微抬眸，与你对视，仿佛看聒噪的小动物。

“从前有个爱说话的萝卜精。”

你饶有兴致地点头，等着听故事。

长陵波澜不惊，继续开口："话太多，累死了。”

你额头冒黑线，正要反驳，见他忽然伸手过来，你嘴里立刻多了一瓣冰冰凉凉的橘子。刚把橘子咽下去，“你……”还没说完，他又塞一瓣，堵住你的嘴。

长陵拿起第二个橘子吃，静静地望着明月不说话，你无奈地叹口气，坐在他身旁陪他赏月，看他何时再主动开口，却不料等到月影远斜，这人都不曾开口说一句话。

你困得直点头，不觉间竟靠在他肩头小睡了一会儿。对方稍微动了下，你这才惊醒坐直，揉着眼睛打哈欠："你不困吗？”

长陵却不答，平静反问："你不怕吗？”

“我怕什么？”你疑惑看他。

他没有看你，微微抬眸向月，沉沉道："我的上几个买主，他们都死了。”

“我知道啊，我要是没这个信心，我还救你作甚。”你毫不畏惧，笑盈盈道，“我看见你杀那两头熊了，你要是想杀我，还不是分分钟的事？”

你拍拍衣裙起身，笑着在月光下回身与他对视："但是你没有，也不会，对吗？”

长陵静静抬头注视着你。

“他们几个都该死。”他语气里仍然听不出明显的情绪，淡漠得如同碾死过几只虫子，“目前看，你似乎很不一样。”

“我会让你看到更多的不一样，等着瞧吧。”你胜券在握地笑道，道声晚安，脚步轻盈地回屋。

长陵坐在原来的位置，他的嗓音极轻极低，却如小石子投湖，泛起不易察觉的涟漪。

“有意思。”

——捡来一只猫，回到家后，先不要急着与它互动，这样会让它警惕起来，不妨让它自由转悠几天，慢慢熟悉环境，它自然跟你熟络了。

你似有所思，接下来相处的日子，你决定先不打扰，任着他在府里做什么，每天让下人向你报告他的动向。

长陵看了一宿月光，又对着阳光发了一天呆。

长陵巡视般慢慢走过自己的新住所，前前后后，连花坛里开的花草都蹲下身看了半天。

你吩咐：“搬几盆花到他窗前去。”

长陵偶尔会投喂后院的野猫，一待就是一下午。

你继续吩咐：“午膳多做一碟鱼干给他。”

逛够了宅子，长陵开始跃上屋顶，静静临风俯瞰这座京城，看起来心事重重的样子。他常一身暗蓝劲装，又经常神出鬼没跃下屋檐，丫鬟下人转头，冷不防瞧见那双猫妖似的异色瞳，吓得几乎背过气去。

几番观察……长陵似乎隐隐以此为乐？

你想了想，他似乎也是吓唬过你的。有次你夜深回房，他悄无声息出现在你身后，你转过身，莫名其妙与他对视了一会儿："饿了？"

这反应没意思，长陵没出声，走了。

久而久之，他与你在同一屋檐下"偶遇"的次数逐渐增多，却不说话，只似有所思瞧着你。

大抵是没见过你这般的买主，在观察你。

又过了许久，他终于主动开口："我想出去。"

"好啊，晚膳前记得回来。"你笑道。

目送长陵出府，又见他如约在晚膳前无声回来，你笑着迎他，与家人无异。你充分表达自己并无恶意，且不会管束他，而他也用他的方式对你表达了信任。

空余之时，你想来往或调查什么事？

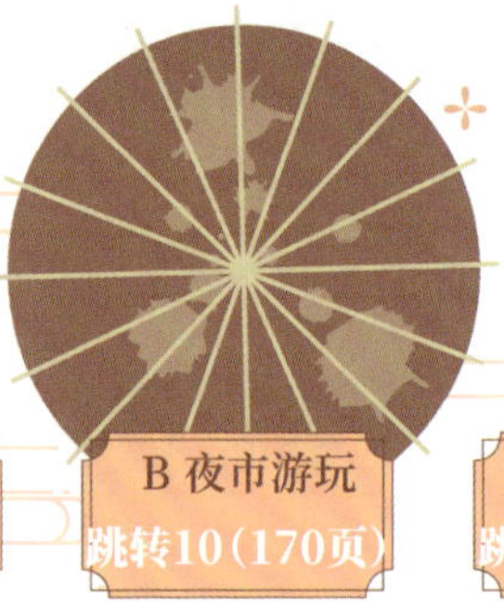

A 隔壁文士
跳转6（163页）

B 夜市游玩
跳转10（170页）

C 诡异行踪
跳转11（173页）

6

秋意转凉，水果难得一见，隔壁文士却隔三岔五送来瓜果给你。

邻里关系还是要打点好，你对诗书颇有兴趣，又闲来无事，便时常与文士往来。而长陵外出次数虽然多，但夜晚之前必会回府，你问过他平时都去哪儿，他都默然不答。

文士似有所思对你说过："你那位朋友……不知当讲不当讲，近来我在那黑市附近见过他许多次，不会认错。"

黑市？他跑回去做什么？

你一头雾水，奈何又打探不出消息，只好暂且作罢。不知是不是错觉，自从你与文士往来频繁之后，长陵待在家里的时间也长了些。

大多时候，他都是一言不发冷冷地盯着人家，盯得文士冷汗直冒，匆匆告辞才罢休。

"他惹你了？"你疑惑问。

长陵没说是，也没说不是，只是在当晚做了个惊人的举动。

你在中庭赏月，难得晚归，隐隐感觉这一路丫鬟们眼神古怪，但你并未在意，径自推门进屋。屋里没点灯烛，你也懒得点，扑上床准备好好睡一觉。

迎接你的不是熟悉的柔软被褥，而是比被褥要硬朗许多，却又带着些许柔软，就像是……男人紧实的腹肌。你心中惊疑，坐在床上探手摸去，指尖立刻在黑暗里摸到了柔软的唇。

你身体僵硬，心中升起最不好的预感，指尖缓缓往上，果真是挺拔的鼻梁、长长的睫毛……长发手感柔软，像是抚摸一只倦怠的波斯大猫。

长陵闷沉的嗓音在耳边响起："你，很主动。"

你惊恐地咽了下唾沫，失声尖叫："啊——"

随着尖叫亮起的是床边烛火，光亮勾勒出床上男人修长的身形，异域风情的五官，如此距离，连长睫下瞳孔倒映的点点烛光都看得清。而你方才一扑，正好扑入了他怀中！你重重一推起身，长陵后背撞在床头，低低哼了声。

"你、你……"你有些说不出话，"你做什么！"

"我想了想，你买我回来，不要我去斗兽，不许我去杀人，那么必定是垂涎我的身体。"他坐在烛光里，认真地抬眼与你对视，语气平稳，"对吗？"

他把你当什么了？禽兽吗？

"不对！闯进姑娘家的房间就是不对！"你又急又怒，脱口而出。

空气一时安静了下来。

你忍不住将语气缓和些："为什么忽然这么做？因为邻居？"

"嗯。"长陵闷闷答，"你最近和他很亲近，我不喜欢。"

"你担心我会因此丢下你？"

长陵没有正面回答这个问题，他再次抬头，与你对视："你不要和他来往。"

想到他方才做的事，你本应生气，可偏偏他此时的眼神又是如此的……纯粹，纯粹似翡翠，无瑕如大海。或许对他而言，这只是眼下谋生的一种手段罢了，你的无求反而让他在沉默间想了很多。

"我是你的。"他轻声开口。

罢了，和他生气也没用。

"你不是任何人的，你就是你。"你叹口气。

"那你喜欢我吗？"长陵却认真问道。

你脑子卡壳了几秒。

A 喜欢
跳转7（166页）

A 难以回答
跳转8（167页）

7

“我……喜欢你。”

沉思良久，你朝他尽量自然地一笑。

长陵静静望着你，唇边本就毫无感情的笑容渐渐失了，半晌，他从你床上起身，不冷不热出声道：“没有人会无缘无故喜欢另一个人。”

他径自朝屋外走去，淡淡道：“你和他们，还是有些相似的。”

他生气了？

这人幼稚时像个少年，不幼稚的时候却又捉摸不透。

你着实没想到他会这样说，愣愣地目送他离去。本以为说不喜欢会伤他感情，没想到反而说喜欢才伤了他？真是莫名其妙。

那夜过后，你们心有灵犀地互相避了几日，过了几日才重新开始说话。

跳转9（168页）

8

你决定坦然回答："我回答不了，我这人对待感情很认真，对你也是，所以不能轻率回答你。"

哪怕你知道这不是最好的回答。

长陵比你想象中更平静，他定定地望着你。半晌，终于从你床上起身，径自推门走出去，沐着月光，没头没尾地留下这么一句话："你很坦率，让我很意外，或许，我们骨子里是同一类人。"

房门在你眼前缓缓关上，男子修长的身形在长窗外渐渐远去。你守着烛火，有些发愣地眨眨眼，方才他在月光下淡淡侧目，唇角勾起的笑意里，竟有几分莫测的深沉。

或许那才是他发自内心的微笑。

跳转9（168页）

9

你有意减少了与文士的相处，奈何对方依旧热情，让你实在不好意思疏远。

某日，他又捧着一筐瓜果来寻你。

“快来！眼下入冬，只有国师府上的果树未凋零，这水果是我一位朋友从国师府里拿来的！”

你推辞不过，刚收下果篮，眼前有个黑影冷不防落下，把你们都吓了一跳。原来是长陵方才在树上俯瞰风景，突然从树影间跳下来，冷冷地注视着文士。

文士愣了愣，讪笑道：“这位朋友……”

“国师府？”长陵的注意力却落在你怀里那筐水果上，他信手拿起一颗，径自掂量着果子，与你擦肩而过，走远了。

方才路过你身旁……他是不是极轻地笑了一声？还是冷笑那种？

你纳闷地回头看看他，无奈文士拉你要往书阁去。黄昏时分，你在府门口送别文士，上空忽然响起沉沉一声：“给你。”

一颗鲜艳喜人的果子被人抛过来，你连忙接住，诧异地抬头寻找长陵的身影，不料他竟一跃，似夜风般飘落在你面前站定，压迫过来，你的鼻尖几乎要撞到他的胸膛。

长陵站在血色残阳下，低头注视着你，金发比天边的火烧云更惹眼，你一退后，这才发现自己几乎被他逼退到墙边，连忙咳了声：“这个是哪儿来的？”

“国师府。”

你诧异地睁大了眼，顿时感觉手上的东西有千斤重：“你、你不要命啦？擅闯国师府就为了给我摘一颗果子？”

“他送给你的，根本不是国师府里的东西。”

计较这个作甚。

你好气又好笑，还莫名有点感动，想掰开果子分他一半，奈何力气不够。长陵接过，手底用力轻轻一掰，将较多的那一半给你："我想告诉你的是，你那位朋友十句话里五句是假，我跟踪过他，同样的话，他对其他女子说过十遍。"

"那筐瓜果，是其他女子送他的。"

你沉默片刻，叹口气："罢了，不理他了。"

长陵淡淡道："人皆险恶，凡事小心。"

你忍不住轻笑出声，什么时候起，这个连筷子都不会用的家伙开始教训你了？

"你说人皆险恶，那我就不险恶吗？"你凑近问。

"你……"你把长陵问得突然愣住，他望着手中半个果子，平静答，"你是萝卜精。"

这是什么奇怪的回答啊。

不等你再说话，长陵已转身径自回府去了。看着他的背影，再慢慢咬一口脆甜的果子，满口清甜，想必是树上最甜的那颗。

跳回5（162页）重新选择

10

大雪过后的京城银装素裹。

元旦夜你心情大好，在院里逮住赏月的长陵，拽他出门逛街去。长陵倒也没怎么抗拒，随你步入热闹的市井，望着东看看西瞧瞧的你，终于出声："只看不买，为什么？"

当然是因为穷。

"这才是出来玩的真谛啊。"你一本正经道。

原本你也是个有钱人，直到你买下这个闷葫芦。

你兴冲冲地拽着他东看西瞧，路过卖小吃的摊贩，回头问他："吃吗？"

"嗯。"

"你在这儿等我，别乱走啊。"

你再三叮嘱，往摊位前去，挤入人群买了一包巧果，再辛辛苦苦穿过热闹的人海往回走，你见长陵静静站在高悬的灯笼下等你，眼神平静地望着人潮。

灯光交相辉映下，异域男子侧身如剪影，发如碎金，眸似深海，俊美而孤僻，吸引了诸多目光而不自知。

有几个姑娘大着胆子上去搭讪，你忽起坏心，悠悠站定，瞧他要如何回答。

"你从哪里来呀？"

"看你的样子，不像是中原人……"

姑娘们围着他叽叽喳喳良久，他置若罔闻，甚至还有闲暇抬头去望一望喧嚣之外的明月。最后实在觉得聒噪，你本以为他会像对你那般讲个冷笑话，没想到他嗓音沉沉，神色寻常，说的却是："我有主了。"

你捧着一包巧果站在熙攘的人海里，万千杂乱的声音涌入耳中，独独这一声淡漠的回答分外清晰。正发愣，却见长陵平静地转头，目光穿越人潮定格在你身上：“在那边。”

原来他一直都知道你在看他。

姑娘们讪讪散去，你闹了个脸红，快步朝他跑去：“你怎么不说她们是萝卜精啦？”

“萝卜精只能有一个。”

长陵无声拆开油纸包，拿起一个玲珑好看的巧果，却迟迟不吃。你正疑惑，听他淡淡开口：“我与养父初见之时，险些饿死，正与乞丐们抢食，他送我一包巧果，领我回府。”

在那个明月夜，落魄的异域少年受尽欺负，原以为眼前那个男人带来的是救赎，不料却是无尽的苦难与折磨，抛弃与流离。

你连忙伸手要夺回那包巧果，长陵却淡淡一抬手，举起那包巧果，让你捞了个空，顺势将手中的巧果塞入你口中。

“送我的，不能要回去。”

他这动作太突然，又在众目睽睽之下，你窘迫地瞪着他，努力将口中的糕点咽下，无奈道：“这个要是让你想起伤心事，我再给你买别的。”

“一个人可以忘不掉仇恨，可以处心积虑去复仇，但那些被过往困住，乃至睹物思恨的人，才是失败者。”长陵平静道，“你是你，他是他，这巧果经不同之人相赠，并不相同，我懂仇恨，更知报恩，不会将这恨意转移到你的礼物上。”

原来他一直没有忘，只是不说而已。

“仇恨……”你心中莫名有些低落，“这么说，你还是会去报仇了？可是国师高高在上，你眼下什么也没有……要如何报仇？”

“什么也没有？”他唇边隐约扬起一丝丝笑意，捉摸不透，瞬息即逝。

你再追问，他却又不言语，只随你继续逛夜市。路边有卖胭脂水粉的，颜色喜人，你拿起一盒口脂细细瞧着，随口问："这个好看吗？还是其他的更好看？"

长陵静静注视着你手里的口脂，又扫一眼摊位上其他口脂："都是红色。"

"各有各的差别……"你笑着递过去给他瞧，还没说完，便看见长陵动作自然地用指尖蘸了一点，送入口中。铺子老板见鬼似的瞅着他，你笑个不住，问他："什么味道啊？"

"甜。"长陵递还给你，"尝尝。"

你也学着他蘸了点儿，用舌头舔舔，点头道："的确好吃，不过啊，还是涂在女子嘴唇上最好看。"

你话音未落，长陵抬起另一手又蘸了蘸，染红指尖，轻轻点了下你的唇。口脂微凉，他的指尖却是温热的，你愣愣抬头，不知何时已红透了脸。

"你涂口脂，很好看。"长陵微微点头，白皙的指尖还沾着那一抹殷红，方才因吃了口脂，他的唇边也稍微沾了一点点红色，如红梅落于白玉，灯笼下竟漂亮得勾魂夺魄，如蛊惑人心的金发猫妖。

你按住怦怦狂跳的心，买下口脂，不敢与目睹了全程的老板对视，拽起他匆匆挤入人群。

跳回5（162页）重新选择

11

元旦刚过，长陵出门的次数也频繁起来。

数九寒天，他能去哪儿游荡呢？之前听隔壁文士说在黑市见过他……只可惜自从发现文士动机不纯后便没再往来，也就没再探听长陵的消息。见文士放弃了你这个目标，长陵似乎放心了，经常从府中失踪。

长陵昨晚没回家，今早也不见人影。

你忧心忡忡，早膳没心情吃，披了件冬衣站在门口张望许久，决定去四处找找。白雪纷扬，这一找就是整日，发现长陵还没回来，你心中愈发焦急，提了盏灯笼，几乎一路小跑着寻人：“长陵——”

不会出事了吧？难不成……还要去黑市找找？

你把心一横，冒着雪夜匆匆往黑市附近跑去，不料却在不起眼的巷陌里发现了长陵的身影。借着民宅昏暗的灯光，你看清那修长的金发人影正是长陵，他对面却站着两个可疑的满身匪气的男子，低声说着话。

是黑市打扮的江湖人，痞气十足。

怎么回事？莫非这么久以来，他一直还与黑市有接触不成？

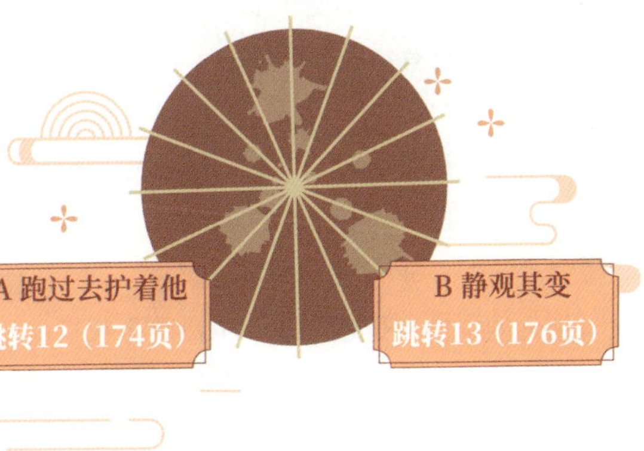

A 跑过去护着他
跳转12（174页）

B 静观其变
跳转13（176页）

12

这可是你的命定者，岂能容他人欺负？！

“长陵！”你毫不犹豫地在雪中跑过去，坚定地护在长陵身前，灯笼在手中摇晃不停，你抬头望向那两人，冷冷问，“你们是谁，想做什么？”

两人面面相觑：“嘿，你这不知天高地厚的丫头——”

“你怎么找来这里了？”长陵平静开口打断他的话，“危险。”

“你昨晚没回家，我出来找你。”你回头看他，未留意那两个江湖人不知何时悄悄闭了嘴。长陵依然是漫不经心的冷漠神情，方才对视那一瞬，他眸底神采却有什么不太一样，像沉敛光华的宝石。

他静静垂目望着你，目光扫过你冻红的脸庞，肩头的积雪……像是要将你一寸寸都看个仔细。你全身不自在，回头看那两个江湖人，竟不知何时溜之大吉了。

“我话没说完，怎么跑了？”你疑惑皱眉，“那两人是谁？难道他们一直在威胁你？”

“嗯，他们威胁我。”长陵唇边扬起一丝若有似无的弧度，淡淡回答，“你把他们吓跑了，你比熊还可怕。”

你嘴角抽抽，决定不理会他后半句话：“这么久了，你怎么都不和我说啊？我这里有你的卖身契，他们不敢拿你怎么样。”

“我害怕。”

你抬头看他，认真教导：“独自遇到危险不要藏着掖着，要告诉我……”

长陵突然低声开口：“怕你有危险。”

没料到他的理由竟是这个，心中措辞全被打乱，你感动之余，对他无奈笑了笑：“我所做之事本就离不开各种危险，在闲暇的日子里，乐观快乐些也无妨，但这不代表我遇险后会退缩。”

“这是第一次，有人如此为我担心，不为任何目的。”他忽然道。

你愣了愣。他抬手掸去你肩头的积雪，神情专注，嗓音低沉，依旧听不出多少情绪，却让你想起冬夜里噼啪作响的暖火：“你是明火，不该被世间冷暖熄灭。今夜你满京寻我，舍身护我，日后无论你在何处遇险，天涯海角，我必舍命相救。”

跳转14（177页）

13

你提着灯笼远远站在雪中，压下心中焦急，静观其变。却见这三人没有动手的意思，反而是那两个江湖人朝长陵点了点头，转身离去。你在暗处看得正疑惑，便听见长陵嗓音平静响起："你怎么来了？"

原来他早已察觉你的存在。

"我还要问你呢。"你叹了口气，朝他走去，忧心道，"难不成他们一直在威胁你？"

他没有答"是"，也没有答"不是"，却悉心掸去你肩头那层落雪，径自朝府邸走去，淡淡道："很危险，若我有一日离开，不要再找我。"

接下来，无论如何追问，他都不答。

跳转14（177页）

14

自那天起，长陵离府的日子少了起来，偶尔出府，且必定在夜半以前回家，更多时候，他都默默在你身边如影随形。你赏雪，他也赏雪，你外出，他就陪着，也不说话，像个影子，除非你主动开口。

这些天他都在黑市做什么？那两个江湖人为何接近他？你脑子很乱，时不时提起关于回家乡的事，长陵要么不答，要么只说自己还有事未了。

相比灯火通明的京城，高悬的望月反而寂寥得可怜。

你睡不着，披衣刚一推门，便听见上空传来低低的闷声："睡不着？"

人影如夜风掠下，无声落地："去哪儿，我陪你。"

"就是去亭里吹吹风，干吗这么担心。"你踩着雪朝后院走去，亭边粼粼塘水，月光如银，长陵忽然开口："看。"

你顺着他所指看去，不禁惊喜出声，难怪月光清亮，原来这水中也倒映着一轮银白的圆月！天上月，水里月，二者柔光无声交融，你提裙轻轻蹲坐在岸边："醉后不知天在水，满船清梦压星河……"

长陵亦蹲下身望着水波："你怎么知道我喝酒？"

"这是古人诗。"你轻笑着去拨那冰凉的池水，"你又喝酒了？你以前可是连橘子都不会吃。"

长陵不说话。

不会生气了吧？

你偷偷瞥去，见他正专注地望着池塘中的倒影，而倒影将你的小动作映照得一览无余。你连忙轻咳，收回目光："最近怎么一直跟着我？"

"喝了酒，就想起你。"长陵平静答，"想多看看你。"

“你这话说得还真不吉利。”你笑意微敛，“你是我的命定者，就像水里的月亮和天上的月亮，只要你在天上不藏起来，我始终都会在的。”

长陵沉默半晌，学着你伸手拨水，他指尖触碰月光，轻轻一点，圆月立刻连同他的倒影一同轻轻泛起涟漪，被柔柔打散，而他身旁你的倒影却还完整着。

“水月不易留。”他低低道，“美梦太易碎。”

岸边人明明成双，水中却只剩你一人。

“你……是不是要走了？”你问，“你要去哪儿？”

长陵摇头。

借着月光，你看清了他眼中醉意，为那异色瞳孔添了一丝看不穿的朦胧：“事成之后，若我有命，会回来找你，回归历史或留在这里，你说了算。”

很多事，他向来都不与你说。

可你怎么可能一分也猜不出？他绝非像与你相处时那般不谙世事。

你也只是不说破而已。

“我不知道你要做什么，但我不会让你去拼命，千辛万苦找到你一次，你以为我还有把握找到你第二次吗？”你沉默了一下，“找不到，我会一直找，你想走，我就一直看住你，我说到做到。”

长陵起身，你也跟着起身，挡在他面前：“珍惜自己的命。”

长陵垂目望着你：“你明知拦不住。”

“我知道，可是不尽力一把，我不甘心。”

对视良久，长陵终于先垂目，坐回池塘边，你也跟着坐下，顽固守着。

明月缓坠，天光破晓，不知与他对抗了多久，你先昏昏睡去，又不知何时被他抱回床上。等你醒来推开房门，果然已没了长陵的身影。

小丫鬟问你是否要准备长陵公子的晚膳，你想想：“无论他回不回来，每日都要准备。”

长陵走了。

看着冬日里明朗的天光，你虽低落，却还不至于到茶饭不思的地步，凡事他自有定夺，你也是。接下来的日子，你照常在这宅子里悠闲生活，只是偶尔会多看一府邸门口，想着会不会忽然有个夜风般的身影掠来。

放弃不是你的性子，你不打算转而寻找其他命定者，而是下定决心，倘若半个月他都未回来，你翻遍京城也要再找他一回。

三日，五日，十五日。

京城下了一场又一场大雪。

你不再等待，备好当初的少年装束，袖藏暗箭，再向黑市进发。依旧是夜色遮掩下的京城，却比来时更加混乱不堪。你心惊不已，躲在暗处慢慢地走，见许多哭个不停的人正被黑衣人们押下。

这些人正是初来时那些斗兽场的小厮，还有许多客人打扮之人。

这是怎么回事？

简直……就像是奴隶们集体暴乱，其中甚至还混着许多江湖落魄客，可他们分明又目标明确，行动有素！

你的第一反应是自己来得不是时候，怕是正赶上什么翻天覆地的变化，正要趁乱往黑市外逃，另一个想法又电光石火般从脑中划过：长陵会不会也在反抗的奴隶之中？

你下定决心，在混乱之中匆匆奔跑，低头躲过不知谁砸来的酒坛，看着它“哗啦”一声碎在不知谁的脑门上，惨叫响个不停。刀片森寒的光一闪，有人向你斩来，你连忙狼狈闪过，抬起袖箭朝那人射去。

若你是长陵，一定会回斗兽场复仇！

趁那人受伤惨叫，你拔腿朝斗兽场跑去，一边环顾四周寻找长陵，突然有个黑衣人狠狠抓住了你的后领，将你摔在地。你心中骇然，朝他放了一箭，匆匆爬起，却不料被其他暴乱者逮个正着。

“我来找人！”你急切道。

对方冷冷一笑：“怕是又一个来寻乐子的贵客，没料到我们这些下等人会反抗吧？”

你被暴乱者押至场地，与其他黑市的被抓的人跪成一排。眼前乱哄哄一片，四周都是暴乱者的冷笑，人群之外却缓缓走过一个修长的穿黑袍的人，半掩容貌，唇色凉薄，低垂帽檐下肤色比常人更白皙。

“大人来了，都安静！”

“果然不出大人安排，今夜这黑市已在咱们手中，接下来怎么办？”

所有的奴隶与落魄武人都对他恭敬无比，竟不约而同地安静下来，还有随从跑去奉承：“大人，又逮住一批！您看怎么办？”

身着黑袍之人淡淡命令：“杀了。”

嗓音熟悉，语调陌生。

你错愕地抬头，见他的背影在人群外渐远。

乌云掩明月，极目不可追。

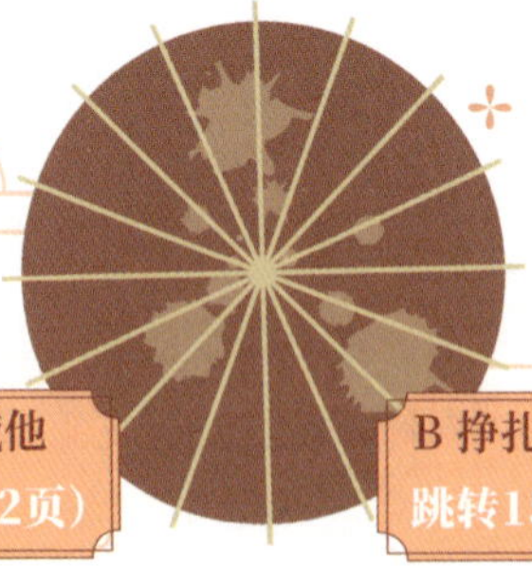

A 出声喊他
跳转16（182页）

B 挣扎着向他跑去
跳转15（181页）

15

看见他的那一刻，脑海里涌起许多想法，却都化作满腔复杂的冲动。你忽然起身，狠狠推开身旁的黑衣人，要冲入人群向他跑去。

“长陵……”

你的声音轻易淹没在一片呼声中。

你再次被旁人押下，刀光一晃，你分明看清自己的血溅出，而黑袍人终究没有回头。

眼里只剩下渐渐破碎的月色。

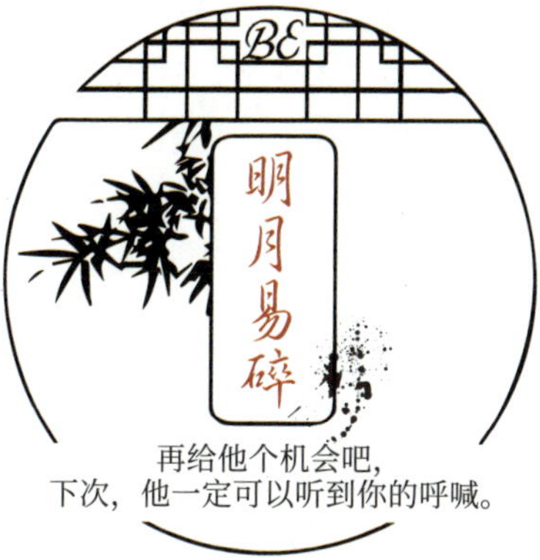

跳回14（180页）重新选择

16

长陵，是长陵……

复杂的情绪在心中翻涌，统统化作声嘶力竭那一声："长陵！"

挣扎间发簪摔落，长发散开，周围黑衣人见你竟不是少年郎，纷纷错愕退后。你极力远眺那人群外的背影，再高喊："长陵——"

手下们再次围过来，你退后几步，警惕地抬起袖箭朝着他们，无人敢上前触霉头。人群外终于听得那熟悉的一声"住手"，嗓音冷沉如夜风，黑衣人们立刻散开，你朝前望去，见那人已回过身。

他忽然将黑袍掀开，烁金长发散下，异色瞳中第一次盛满震惊与不可置信："是你？"

不等你回答，他抬手命众人退下，快步朝你过来，急促问道："为什么要追来？很危险。"

你收起袖箭："你可不要以为我只是个柔弱姑娘而已，我是要保护命定者的，你说自己被威胁，我怎能安心？"

"那些话，你全都当真了？"他压下眼中震惊，闷闷出声，"你……不聪明。"

"是啊，我要是聪明，怎么会被你骗这么久？"你慢慢扫一眼四周，说不清是被欺骗的怒还是重逢的喜，"你搞出这么大的事，还骗我说你被威胁了？"

长陵挪开目光，竟下意识觉得自己好像做错事的孩子："因为……你的反应，很有趣。"

这次换作周围手下震惊瞧着他。

方才的深沉与杀伐果断，在你眼前几乎要化为乌有，你眼前依旧是那个纯粹又不谙世事的长陵。

远处再响起混乱声，许多黑衣人与黑市护卫厮杀起来。长陵恢复方才的沉稳果断，命令某心腹："护送她到安全的地方。"

"是！"

混乱之际，再停留也只会扰乱他的计划，你随心腹撤离。匆匆回头一瞥，长陵正拔刀率众人朝压迫者杀去，冷酷无情地踏碎那些繁华的花灯。

他抽刀一旋身，金发熠熠生辉，双眸炽热如烈火，那是凤凰涅槃的颜色。

或许，这才是历史上的他真正的模样吧。

你随心腹闪入空旷的楼阁，从他们口中套出，原来短短几月间，长陵养好伤后重返黑市，以惊人的速度打通势力、笼络人脉，一举颠覆黑市。描述中的他隐忍而沉默，果断又狡黠，不称帝都可惜了。

与印象里那个讲冷笑话的闷葫芦简直判若两人。

究竟哪一面才是真正的他？是月下饮酒赏月的他，还是那个处心积虑复仇的他？

又或许，只是不同时刻的他而已。

处心积虑，只不过是买通人心的第一步，释放了那些奴隶，自有死心塌地者甘愿当死士，随他潜伏国师府，刺杀杨夜白。

杨夜白喜好夜宴玩乐，首先派出女子混入跳舞的歌姬中，亮出信物乱其方寸，再由长陵亲自领刺客们诛杀佞臣。

什么信物？对方支支吾吾答不出。

此棋走错满盘皆输，你明白长陵的万分谨慎，三思之后，你冷静道："舞姬衣服在哪？让我试试。"

心腹惊恐万分："不可！大人怕不是要先砍死我！"

"出了事我替你说话，你放心。"

经过一番威逼利诱，对方终于垂头丧气地找来衣裙给你。你关门换衣裳，头戴金步摇，身穿红罗裙，肩披彩绸衣，又对镜化妆贴花钿，忙了好一阵，屋门忽然被人推开。

从镜中你看到长陵那张面无表情的脸，嗓音沉沉："不许去。"

你不为所动。

"不许去。"

你认真注视着他："我要陪你握住利刃，而不是望而退却，我要让你下次做出什么决定时，是与我并肩，而不是让我蒙在鼓里。"

花烛晃动，你们的影子映在墙上，无声倾斜，几乎要碰在一起。光点在长陵眼中跳跃："你真的很不一样，我见过很多人，只有见你，心脏跳得很快。"

"真的吗？"你笑问。

不料他认真凑近，牵起你的手，按在他温热的胸膛："你若想去，我便依你。放心，我绝不会让他伤你分毫。"

你脸上发热，连忙抽回手，转回正题："那个到底是什么信物？"

"另一个他会在意的东西。"他拿出一块古旧玉佩给你，是杨夜白捡他时所赠。

据长陵所言，杨夜白体内住着善恶两人，恶的那方作恶多端，善的那方却不堪忍受一心求死，亮出此物，必能引出善的那方苏醒，再趁机动手。

国师府的奢华果然名不虚传。

行动当夜，长陵领死士们潜伏在杨府，四面包抄，放倒侍卫，成功后以鸦声为号。你则扮作来迟的舞姬，提裙穿过回廊，远远便瞧见歌舞不休，那国师生得十分阴柔，华服宽裳，长发散着，笑吟吟地正与美人调笑。

你在座前行礼。

"贪睡来晚的小雀……"杨夜白笑吟吟地晃晃玉盏，"她来迟了，你说，我该不该罚她？”

美人笑着附和：“前些日不是有个来迟的被剁了手脚？这次便挖了眼吧。”

杨夜白散漫一笑，姿态高高在上：“小雀觉得如何？”

他年纪约莫三十岁，笑起来眉眼微弯，眼角一颗泪痣。有道是“美人如花隔云端”，即使有如花美人簇拥，竟也被他一笑艳压群芳。

你手中紧握玉佩，冷汗直冒，忽听远方裂锦般的鸦声，割裂舞宴之音——

是信号！

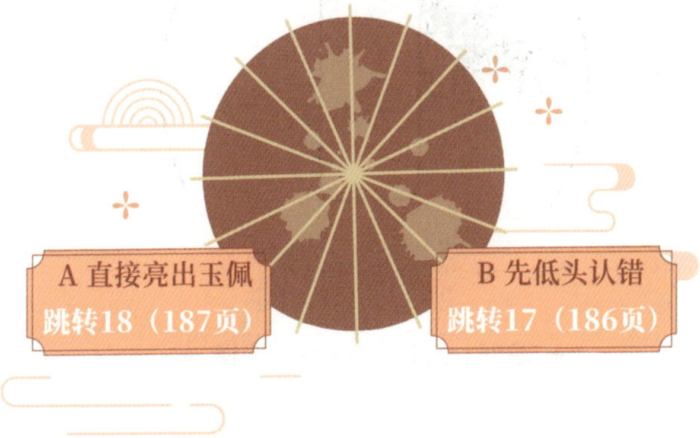

17

生杀予夺只在对方一念间，鸦鸣虽响，却不一定能及时赶到。

你决定暂且示弱，装作慌乱的舞女，仓促朝杨夜白跪倒在地："请国师饶命！"

杨夜白上下打量你片刻，感到无趣："无趣，斩了吧。"

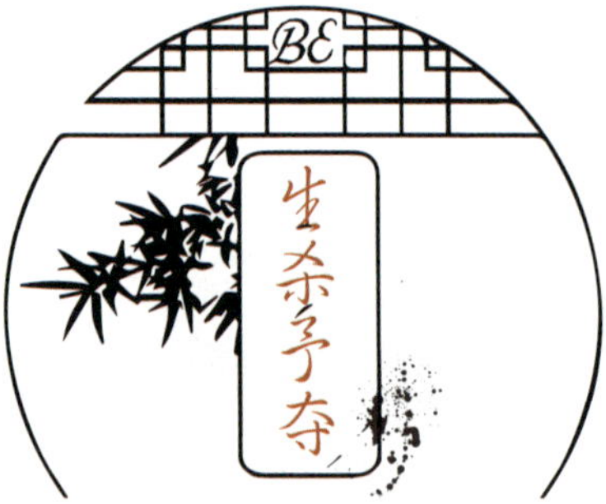

杨夜白并不会因为求饶而心软，
嗯……他的确是这种人。
重新选择一次吧！

跳回16（185页）重新选择

18

“挖我的眼，还不是您一句话的事？”你轻声道，“国师想必早就厌倦了那些粉黛，不妨我给国师看个有趣的东西？”

“什么东西？”

你脸上笑意迷蒙，提裙步步朝着杨夜白走去：“可不能被外人瞧去。”

“说秘密，无非是风花雪月。”杨夜白忽略席间美人，轻飘飘捏起你的下巴，指尖却微微用力，“美人的气息何故有些熟悉？倒不像这书中人……”

被他发现了？

你沉住气，在他眼前亮出那枚玉佩：“我想见的可不是你，而是另一个杨夜白！”

杨夜白缓缓睁大了眼。

顷刻间，无数黑影在长陵带领下涌入宴场，踩翻酒盏，血污罗裙，侍卫高呼有人入侵，被长陵一刀斩于酒席间。许多暗卫袭去，长陵手中寒芒如银月，转瞬与敌人过招数回合。

杨夜白将你猛一松开，迷惘在他瞳孔里扩散，另一个灵魂正努力挣扎。他紧紧捂住头，在失去神智前冷笑：“长陵……你条这咬人的狗！”

要趁机除了他！

你拾起不知谁的匕首，狠狠朝着杨夜白的心口刺下，寒芒刺穿皮肉，鲜血浸透华服！你诧异抬头，国师已与方才判若两人，他眼神悲伤，摇摇晃晃往阶下去，喃喃道：“杀了我……连隐藏在我身体里的那个人一起……”

长陵手中寒芒掷来，深深钉入杨夜白的喉咙，他踉跄两步，狼狈栽下阶梯，倒在血泊中。

不对劲……国师真的这么容易被除掉吗?

长陵似乎也深知这一点，他拿着染血短剑走来，剑刃冷冷一旋，向下再刺。

却见夜色里浮起六盏幽蓝色的青铜小灯，状如北斗七星，唯独少了一颗最明亮的主灯。血泊中的杨夜白忽然睁开眼，咳出血来，唇边带笑："竟逼得我用副灯疗伤……"

他不是已经死了吗?!

长陵眼中一沉，四下忽然响起惨叫，你连忙抬头，见幽灯猛地震荡开一股力量，席卷而来!

"长陵!"你挡在长陵面前。

磅礴的力量猛地将你们击飞，如断线木偶，再重重摔下，你摔在长陵身上，口吐鲜血，四肢好似散架，漆黑的文身顺着手臂蔓延。

长陵将你紧紧揽在怀中，沉沉扫一眼四周，本已稳操胜券的局面竟一朝逆转，你们的人手多半没能在这股力量下存活。

"你知道我堂堂国师府，为何守卫都是如此废物吗?"杨夜白缓缓从血泊里站起，慢条斯理笑道，"因为，我就是这国师府最强的人。"

力量悬殊，遥不可及。

"走!"长陵果断将你抱起，向国师府外掠去。

杨夜白挥袖，再一股力量扫来，你在他怀中瞳孔骤缩："危险……"

"现在还不是对抗他的时候，别怕，我在。"苏相卿温润的嗓音自耳畔响起，如清风徐来，眼前亮起莹莹蓝光，仿佛星河倾泻，结成屏障，掩护你们脱身。

杨夜白忍痛拔出匕首，"当啷"一下冷冷丢在一旁，他站在原地，指尖慢慢覆在腹部，伤口以肉眼可见的速度快速愈合。

屏障碎裂的前一刻，长陵抱着你闪入热闹的集市，身后有追兵跟来。

京城每条街巷都喜气洋洋地挂起灯笼，昨夜的积雪消融，长街石板积着水光，倒映着红、黄灯笼，好似将长街烧得滚烫泛红。叫卖的、杂耍的、舞彩绸扮神仙的，应接不暇，游街的艺人们在喝彩声里敲锣打鼓向前。

长陵一把扯过不知哪个艺人的彩绸，罩在你们头上，掩住漆黑劲装，隔绝出一方斑斓的小天地，他有力的手掌搂过你的腰身，扮作艺人。

你心领神会，将羽衣长袖舞得眼花缭乱。正是京城最热闹的时候，过道旁百姓欢呼，投掷喜庆的红花，以求好运。

真的能骗过追兵吗?

长陵静静望着你，红花如雨，绫罗锦绣中，那些嘈杂声仿佛忽地远了。他身披彩衣，金发熠熠，异色瞳孔映着如焰的长街，与身着一袭五色羽衣的你，如剔透琉璃。

“我……”他认真地望着你，“想吻你。”

你怔了下，气得直笑：“逃命要紧，忽然说什么胡话……”

“如果这是我们此生最后的片刻，我想吻你，这是我余生唯一想做的事。”他附在你耳畔，低低说道。

在你脸红发烫的注视下，他缓缓俯身过来。

明月可及。

几片花瓣飞旋，落在你们的头发与肩头，悄然滑落，人声喧嚣悄悄远去，又悄悄复苏，你听清诸多官差匆匆赶来的声音。

与巡游官差们当街对峙的，是身穿黑衣的大理寺差人们，誉寺卿骑在马上赶来，黑袍上狰狞的金兽纹熠熠生辉。

“不会是最后的时刻。”你抬头朝长陵微笑，忽然一把推开他，自己朝花车外倒去，长陵愕然伸手拽你，然而还是慢了一步。

你知道，以他的身手必定逃得出去——除非，他强行带上受伤的你。

你不会永远站在他身后，何况他身后还有那么多等着他安顿的人。

最后一眼，是长陵错愕的表情，见你心意决绝，他的目光缓缓转为沉稳，语气执着而坚定："安顿好那些奴隶后我来救你，一定。"

大理寺差人们将你押下。

抬起头，见誉知行正居高临下瞥来，灯笼照着他淡漠的脸庞："疯人作案，归我大理寺处理。"

跳转19（191页）

19

你被大理寺抢先收押入牢。

刺客夜袭国师府的消息，乘着风雪吹入大街小巷，百姓又纷纷猜测：曾见大理寺那些鹰犬倾巢出动，多半是疯人们报复。

誉知行先发制人，声称你们是疯人，按照律令，一律归大理寺判决，你自然就落到了他的手上，免受许多折磨与酷刑。

你虽感激寺卿，奈何只能在心里说声谢谢。

从国师手里抢人谈何容易？外面必定又是好一番明暗较量。比起费心费力的誉寺卿，眼下自己吃些苦头算不上什么。

死罪可免，活罪难逃，你与其他疯人一并被押入囚车，判决流放。

雪气浓重，吹刮人脸，囚车里男女哀哭，你走上其中一辆，车队向城门驶去，各地囚车汇聚，押送队伍可用浩浩荡荡来形容。

你隐隐听说过，要去极北方的塞外苦寒地。

行路这些日子，你昏昏沉沉地坐在囚车里，手臂上那漆黑文身愈发浓重。

杨夜白的法术带有慢性毒，每次发作都让你痛到发颤。

塞外很快到了。囚车笼门被官差打开，冻僵的囚犯们探头探脑，塞外千里冰封，绵延万里飞白，再向远望，雪原与天地连成一片，竟连一痕飞鸟枯树都没有，干净如纸。

最前面的疯囚们被放下车来，在众目睽睽下步入风雪，竟消散在了雪沫中。

你坐在囚车里睁大了眼，他们……消失了？！

"书中世界已经断层，这里是最大的一处时空裂隙。"苏相卿温润的清音响起，"步入雪原中，会迷失在书页里。分明与自己的时空只有一线之隔，可惜若没有外人指引，他们永远无法回去。"

“你还在？”你心中燃起希望，“你有办法让我逃出去吗？”

“不需我出手……”苏相卿的声音愈发微弱，却依旧从容，“他会来。”

什么意思？

一声凄厉鸦鸣忽然响彻风雪，久久盘旋，差人们警惕抽刀，见远方风雪涌起无数追兵，领头那人身着猎猎黑袍，挥剑高喝：“放——”

漆黑箭雨穿透怒雪，朝苍茫银地洒来，官差们连忙抵挡，雪中猩红的梅花接连绽放，两方在暴雪里战作一团，许多囚犯狂呼起来，纷纷砸开囚车落跑。

是救兵！

你抬手砸向囚车，不料骏马受了惊，竟拉你朝流放地狂奔！

你用力猛砸锁头，奈何力气不够，眼睁睁看着囚车驶入雪原，焦急之际，却见那黑袍人骑马在狂雪中追来，他在马背上极力朝你伸手，终于牢牢抓住囚车边沿，飞身攀上。

狂风掀开他的黑袍，吹开那长长的金发，如雪映碎阳，他眼神沉着，一剑劈开囚车锁头，在车上朝你伸手。

你伸出手，与他的手紧紧相扣。

下一刻你身体倾斜，在囚车即将掀翻之前被他紧拥在怀中，他带着你毅然跳车，在厚雪中不知狼狈翻滚了多少次才停。

你惊魂甫定。

“别怕。”长陵躺在雪中，将你紧紧搂在怀里，“天涯海角，我都来救你，说到做到。”

蓝莹莹的屏障护在你身旁，让你免受雪原中裂隙的吞噬，却没有多余的力量再多庇护一人。你惊愕地望向长陵，他仿佛也预料到了什么，眼神却一片平和。

瞳孔倒映里独独只有你一人。

“与你分开这些天，我想了很多。世上有很多奸佞恶人，许多伤害过我的人。”

“但世上只有一个你。”

“我不愿因复仇，失去唯一一个你。”

你张了张嘴，“好”字刚刚来得及说出口。

眼前人却已化作光点飞散。

空中飞旋着许多哭声、笑声：汴京的靡靡曲音、长安的暮鼓晨钟、文人墨客高声吟诗、乱世战场兵戈拼杀……你在雪中爬起，慢慢抬起头，哪一缕记忆才是长陵？

呼唤苏相卿，回应你的却是另一个阴柔嗓音：“没有用，庇护在你身上的法力已经散了，再用一次，他自己的意识也会飞散的。”

你抬起手臂，看着那些曾折磨你许久的漆黑纹路，皱了皱眉：“杨夜白？”

那声音继续开口：“长陵没有死，他只是和所有人一样，迷失在这本书的角落，若你现在去找，兴许还可以带他出来，或送他回原本的历史。”

“你要我如何相信你？”你冷冷道。

“我不是司马氏……”那声音沉默一下，“我是杨夜白，若你信我，便拿起我留给你的东西吧。”

获得道具：杨夜白的残页

跳 转 ？

破解道具获得跳转数字

20

你站在风雪里，拿出卖身契，对着狂风将它慢慢举起，嗓音颤抖：“长陵……你还在这里吗？”

“长陵……”你一遍遍呼唤，纵然希望渺茫。

你不希望他回到历史。

你只希望他是长陵。

耳畔恍惚余下一声清润的叹息，不知是幻觉还是真实地响起。蓝色光点凝起，幽幽唤回迷失在书页里的某人，引他跋涉而来。你被一双有力的手臂揽住腰身，是长陵将你深深拥入他温暖的胸膛：“我在。”

风雪呼号，唯独他的臂弯间暖如炉火，不知过了多久，你笑中含泪，抬头看他：“你是长陵，对吗？”

“是。”

“长陵，这么短的时间……你是怎么找来这么多人马来救我的？”

“以黑市里所有的东西做交换，换他们来这里拼命一次。”他语气平静，好似轻描淡写舍去了什么外物。

你鼻子一酸：“你傻不傻啊，用那么多东西换我的命。”

“很值。”长陵低声道，“你和世人，都不一样。从此以后，你去哪儿，我就去哪儿。”

你正要点头，忽然瞥见手臂的漆黑纹路，想到这毒正吞噬你的生命，不禁眼神黯然：“我……”

“中原很大。”他认真许诺，“你身上的毒，我一定会想办法。”

长陵将指尖放在唇边，朝雪中一声长啸，骏马疾奔，他将你抱上马背，踏雪向中原跑去。你靠在男子温热的胸膛，感受到他的下巴轻轻抵在你的肩头，你格外安心，在他怀中沉沉睡去。

毒日复一日地侵蚀你的身体，无数次发作又被你忍下，说不定何时便夺去你的性命。一路迢迢，你们边走边打听治毒的法子，不知不觉又迎来了开春。

牵马春日游，信步入山间，你因毒发疼痛，躺在花丛间，将头枕在他的膝上，抬头注视着那双漂亮的眼眸，随意抬手，将他的发尾在你指尖绕了几圈。

长陵静静地注视着你。

“以前……若有人身中剧毒，痛苦不堪，你会如何？”

“帮他结束痛苦。”他顿了顿，坚定地低声道，“就算走遍这天下，我也要救你，就算救不了你……我也一直在你身旁，不要怕。”

你慢慢从怀中拿出那张卖身契：“你不再是奴隶，用不着这个了。”

“留着。”长陵摇头，“证明我是你的。”

你忍不住轻笑：“那我要是死了怎么办啊？你岂不是像个忠犬一样，整天在我坟前守着？”

“会的。”长陵认真答，“你死了，我也是你的。”

“你还……真的会啊。”

你发出微弱的声音却不能自控，眼前天旋地转，这次的毒愈发猛烈。你第一次从长陵眼中看到紧张无措，他跪坐在地，将你紧紧抱在怀里。

“我不相信。”他声音低而悲伤，“我连天下都能夺来……独独救不了你？”

这世上只有一样东西比天下更难挽回。

所在意之人垂危的性命。

“我骗了你，我不会守在你坟前的。”迷惘之际，你听清他决然的声音，“若地府太阴森，我护你上奈何桥。”

有采药人从山道走来，体型清瘦，一身布衣，还背着采药竹筐：

“这位姑娘是怎么了？”

绝境中峰回路转。

采药人叫楚越，是个隐世神医，他领你们回到自己的山居，将你从垂危中救回。

“她这毒太猛烈，我也只能让她吊着命，却无法根治。”朦胧间，你听见楚越正与长陵说着话，“这……我听说世上有一种治百毒的药草或许可解此毒，长在悬崖绝境……且周围藤蔓有剧毒，多少人求而不得，你敢去吗？”

“嗯。”

你张了张嘴，说不出话，见长陵停在床边，缓缓握起你的手，凝望着你，不知握了多久才松开，声音坚定：“等我。”

来不及将道别说出口，便已然迎来了未卜的分别……

汤药喝完一碗又一碗，等你能稍微动弹一下四肢，又等你能下床走动时，春色已被盛夏替换。你住在楚越的山居，与楚家夫妇已往来熟络，闲暇时笑问他：“你救我，就不怕惹了国师？”

“我为医者，不得瞻前顾后，自虑吉凶，护惜生命。”楚越语气坦然，悠悠望向窗外，忽然笑道，“快要七夕了。”

原来是楚家娘子正在院里放纸鸢。

你也轻笑：“是啊……七夕了，山下想必很热闹吧？”

在楚越的千叮万嘱下，你下山来到附近城中游玩，只见市井繁华，往来眷侣成双，满城沉浸在融洽的气氛中。

听说书人讲，近来有个神秘的西域人行走江湖，寡言少语，风餐露宿，有珍奇草药之处必有此人现身。

会是长陵吗……

你在热闹的市井独自缓缓走着，路遇卖巧果的摊位，人群熙攘，与京城那次如此相似，你挤过去买了包巧果。摊主与旁人笑谈："方才有个金发的外族小哥来买巧果，眼睛可奇特了……他说要送给久别重逢的姑娘，非让我挑最好看的给装起来。"

你心中一惊："他往哪儿去了？"

摊主疑惑地一指人群外。

你将油纸包护在怀里，匆匆朝着人群外挤去，思绪不觉间飘飞回到去年京城，那时你也拿着巧果，步出人群，便看见那个静静守候你的身影——

此时此刻，似曾相识燕归来。

长陵正在人潮里朝远方走去。

"长陵！"你朝他跑去，"长陵——"

趁他刚回身，你雀跃着扑入他的怀中，看清长陵由意外转为惊喜的表情："我正要上山找你，你怎么先来了？"

你抬起头，笑盈盈道："因为我想吻你呀。"

你被一个温暖的怀抱缓缓拥起，再不放手。

"好。"

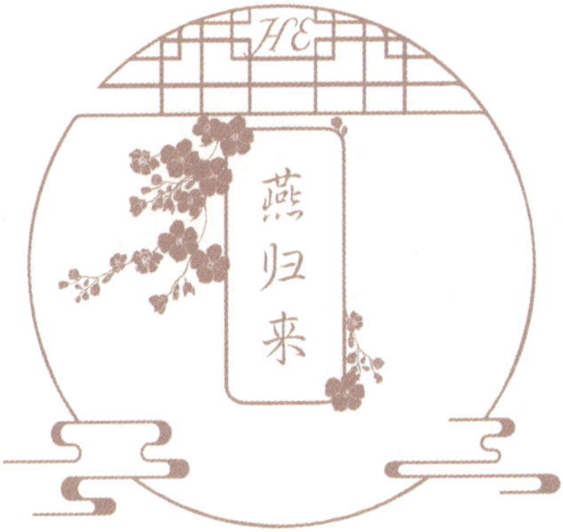

21

你顺利找到了通往历史的路。

站在历史的云烟里，抬起头，长陵背对着你，缓缓走向他应去往的历史。剥离了在书中世界的一切，年轻的帝王重新披上华服，步步登上宝座。

他不是长陵，是……恢复记忆的帝王。

很陌生。

暴君终被昔日俘虏的少年推翻，无数人为少年的复仇感慨，他率领复仇之师踏平阿房，化作厉鬼，攻入长安，让满城的冤魂为他旧日的阴影殉葬。

可这些都与你无关了。

历史太远，你只是忘不掉某个本就不应存在的故人。

如果是长陵的话，能对着巧果说出那番话的长陵，是绝不会让那些无辜的性命为仇恨殉葬的。

“长安，还是很美的。”你喃喃轻语。

“我知道你本性善良，希望你日后……就算被仇恨支配，也不要屠尽这城中百姓，不要落下那千古的骂名。”

他则身着龙袍，踏着故人染血的尸骨，步步登上这高寒的帝座，对座下连天的怨声置若罔闻。

他仰起头，定定地望向很远的地方，忽然泪流满面。

听闻暴君死讯的那一刻，盘踞在他脑海的不是那短暂的狂喜，而是滔天的愤怒。

他狂笑狂哭，肆意劈砍着昔日留下屈辱记忆的宫殿，要狠狠地磨灭那些昔日折磨他的影子。

他死了。长安屠了。然后呢？心里有个声音冷冷地问，然后呢？

在复仇的烈焰中重新飞入这座华美的囚笼，慢慢走过漫长的玉阶，他感受到的竟不是复仇的快意，而是满殿潮水般席卷的空落。

“长陵——”

他的耳畔响起不知谁人的轻声话语，眼前仿佛有一道模糊的身影盈盈对自己笑着。他怔怔地望着虚空中，感觉自己好像忘了什么人。

某个重要的人。后半句话……是什么？

某句重要的话。

偌大的宫殿，恍惚还残留着那人轻轻的笑。

“长安，还是很美的。”

他坐在高寒的帝座上，不知何时已是泪流满面，他慢慢地仰起头，与虚空里的声音轻轻相应：“是啊，很美的。”

倘若他停留在此。

——那个人会不会再穿过字行，越过史书，跋涉千里，再温柔而坚定地笑着说要救他？

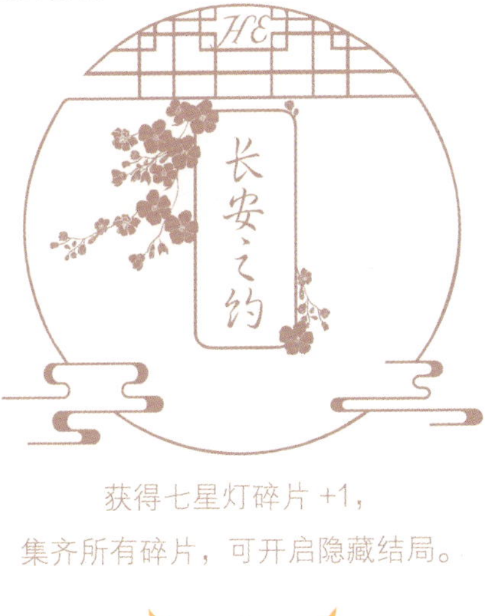

获得七星灯碎片 +1，

集齐所有碎片，可开启隐藏结局。

第四章

无论过去、现在、未来，

不管哪个世界，我都会守护在你身边。

1

逃跑风险太大，还会牵连柳儿，你决定相信脑海里的声音。

柳儿小声惊呼："那位大人真会过来？！"

柳儿说的是那位三年前孤身去皇宫求见，与先帝长谈后平步青云的苏相卿。

因疯人之事，先帝常与庆王发生争吵。先帝病弱且仁慈，不忍流放，他那位皇弟却脾气火暴。

苏相卿到来后，以赏罚分明的风格处事，提出"任人唯贤，量才任职"，劝先帝肃清官场……短短三年，无人不晓苏大人威名。

去年冬，先帝驾崩，庆王坐了龙椅。二人是帝王家少有的兄弟情深，新皇没多少登基的喜悦，将政事统统扔给幕僚杨夜白，杨夜白自此一步登天。

国师参政，前无古人。

传闻先帝是被发疯的宫人吓得一命呜呼，新皇将错统统推给不主张流放的苏相卿，任用了政见相反的杨夜白，从此天下战栗。

杨夜白上位后，第一件事就是弹劾苏相卿，扣了整整十八个罪名，最严重的莫过于"妖言惑众，欺君之罪"，之后将其收押天牢，判择日问斩。

问斩当日，苏相卿缓缓步上刑台，高唱"一朝被谗言，二桃杀三士"，竟听得台下人泪流满面，拜倒一片。

斩刀将落，被来使喝止，改为削去官位，不得入仕。

原来就在当日，满朝文武在殿前跪拜求情，将新皇沉溺于丧兄之痛的心惊醒了一点儿。

“他是怎么妖言惑众的？”你疑惑地问。

柳儿“呀”的一声，说当值家丁要来了，飞快地跑了。

门缝外渐有天光透来。

柳儿又跑了回来：“苏公子给老爷来信啦，说要来找你呢！”

信是一大早送来的。

“夜观星象，料想贵府近日有难，今日来访解决异象，求贵府一人，以作酬劳。”

落笔轻描淡写，却字字不容置喙，满府轰动。

邵老爷又惊又喜，立刻命人准备妥当。

房门被慢慢推开，光照在你脸上。

“吱呀——”

你的泪水莫名地涌出，模糊的视线里，那一道修长的蓝影徐徐走近，长袖摇曳，他俯身过来，掏出帕子替你擦去眼泪，挡下那刺眼的光。

“我来晚了。”

是脑海里的声音。

你看清他的模样，他穿着蓝色的长袖宽衣，让人想起深似海时的天色，朦胧的光中的脸庞是冉冉升起的海上明月，笑意则是晕染长夜的清光。

你也看清了他微扬的薄唇，明亮的双眼，被玉冠一丝不苟束起的长发，整个人像是一块清雅的玉，有匪君子，如琢如磨。

为何……好似故人重逢？

“站得起来吗？”

他伸出手搀扶着你，慢慢走出柴房。

衣着华贵的矮胖中年人过来奉承：“人送您了，您看……”

黄昏转眼只剩余晖，满院衰草枯树，孑影如血，公子向后院结冰的池塘走去：“贵府之难，就是因为此处有一道裂隙。”

手还被他牵着，莫非怕你逃跑？你尴尬抬头，对方却神色坦然。

邵老爷急切问：“那该如何？”

“稍等。”

苏相卿从颈间解下一枚坠子，悬在右掌下，微微晃动着。他松开你，向旁人要了把匕首，朝着自己掌心用力割下。

那坠子形状十分奇怪，是一枚其貌不扬的铜片，很快被滴落的血珠染红。蓝衣公子合掌用力，立刻有女眷惊呼出声，看他不要命似的挤出血来，连成血线。

“七星，修补裂隙。”他轻声道。

七星？你环顾四周，少年的声音竟在脑海里响起。

“咱们一直在临江隐遁气息，这次你非要下山，还用了法术，姓杨的迟早发现你在这儿。”少年有些别扭地开口，“你……做好准备啊。”

声音消散。

厚冰上迅速裂开一条深邃的裂隙，让人感到战栗，仿佛赤裸着身子，孤零零地面对着深深星河让人无限恐惧。

这……就是信里提过的时空错乱？你望向苏相卿，见他似乎也片刻失神，奇异感涌来，你仿佛与他有一刻心灵相通。

裂隙缓缓合拢，他收起吊坠，温和地望过来：“有没有事？”

你摇摇头。

邵老爷被吓得脸色苍白：“敢问我府上日后可还会出现裂隙？”

“我已收走这裂隙的力量，还请放心。”

这邵老爷把能问的都问了个遍，苏相卿也是极好的耐性，一句一句答，邵府众人面色古怪地打量你，更有女眷抛来毫不掩饰的妒色。

你扫了一眼自己，瘦弱的身材，破旧的浅绿长裙，与苏相卿云泥之别。

你感觉有些好笑，甭管他人议论是非，出来最重要。

呼吸着第一口浸染秋意的空气，心情也变得爽朗了些，你环顾四周想找找柳儿。只见人群外她泪水涟涟地巴望着你，又畏惧你身边这位苏公子，不敢靠近。

忽然你瞥到她旁边佩刀的家丁的神色正从好奇转为迷茫，渐而狠厉，他死死地盯着苏相卿。

你神色一变，脱口而出："他要杀你，小心。"

那年轻家丁的神色愈发狠厉。

果然不对劲！

在府里人的惊呼声里，那家丁拔刀朝着这边冲来，狠狠斩下，苏相卿先一步握住你的手腕，将你护在他的身后。

男人衣袍上洁净的皂角香飘来，你睁大眼，看清他眼中沉敛的凛色，抽出腰间佩剑，与长刀碰撞，清鸣之音锵然。

"你认得我？"

家丁被其他人擒住，咬牙切齿地跪倒："你是大耳贼手下那军师！我恨不得诛之而后快！"

苏相卿松开你，收剑入鞘，向家丁走近几步，耐心地问他的身世经历。

"听口音，你是荆州人士？"

"是又如何！"

"荆州之主是刘表还是其他人？"

……

只言片语之后，苏相卿已得出此人的籍贯、主公阵营。他眼中流露出一丝哀悯，好似看着漂泊的孤魂："你还记得来这里以前的光景吗？”

那人话语一塞，瞳孔神采渐渐散开。

再醒时他语气惶恐：“老爷？苏公子？我这是怎么了……”

恢复了！

不光你惊讶地睁大了眼，错愕的抽气声更是纷纷响起，邵老爷扑通跪下：“我这府里还有足足几十位疯人，还请苏公子救救我邵府……”

其他府人跟着哭求。

你哪里见过这阵势，往后一退，被苏相卿轻轻牵住手指。

这一接触，你才知他被划了多深的口子，血早已污了他的衣袖，他却从容自若，仿佛感受不到痛楚。

“邵老爷可知安禄山是何人？”

邵老爷微愣：“这……不清楚。”

“苏某也不清楚。”

“意外穿越之人，需让他们忆起穿越前一刻的事，并且自身渴望回去才行。我恰好了解汉朝，其他朝代……恐怕无能为力。”

可邵府众人哪肯放过这根救命稻草，跪着不起，说哪怕试试也好。见苏相卿仍有回绝之意，邵老爷眼一横，当即便有两个家丁挡在门口。

你皱了皱眉。

苏相卿淡淡地扫了一眼家丁们，家丁们正如临大敌地盯着他。

剑拔弩张的气氛里，唯独他好似置身事外。

“今日失血过多，容我休息一夜，明日再化解您府上人的异样。”

“好，好。”邵老爷连忙起身，“快送苏公子回房歇息！”

被苏相卿送进客房后，你两眼冒光，朝着松软的被褥扑去，本想休息下，不料竟呼呼睡了过去，还梦见了奇怪的光景——你置身书外，看见了以某个人为主角的片段。

残阳如血，长夜似墨，待浓墨再被熹微晕淡，文字里的王朝便同那片遥远的国土那般，迎来了新的一日。

轻纱软帐，香炉薄烟。杨夜白被轻飘的梦话吵醒，睁开眼，见身侧的曼妙美人口中喃喃，他忽然略感厌烦，随口唤了下人将其拖出去随意赏了人。

美人的脸迷茫而惊恐。

杨夜白扫了她一眼，并不记得她叫什么名字，也懒得记，听着惊叫声远去，他眼里没有怜惜。

相比曹相暴起杀人的起床气，自己已经足够仁慈了。

偶尔杨夜白也会想，他是否会怀念记忆里那片美妙的故土，美妙到他想从曹家手里夺过来……不过现在既然身在此地，当务之急是先找到那个威胁，除掉他。

他随手披上华服坐起，如常瞄了一眼案上的六盏青铜灯，列作七星阵，唯独少了一盏主灯。

似乎感应到主灯的法术般，六盏灯忽地燃起幽幽焰光。

杨夜白愣了愣，狭长的眸中忽然一亮，徐徐露出些惊喜的笑意来，他坐在案旁，拄桌歪头露出思索的神色，这一笑，眼角那颗泪痣立刻衬出些阴柔的美感。

“哎呀……咱们玩儿了大半年猫捉耗子，你终于耐不住了吗？”

这是谁？杨夜白……那位和苏相卿作对的国师？

被饭菜的香味叫醒，你一抬头，见苏相卿正摆碗筷，笑道：“唤你几声都不醒，方才有人送晚膳和新衣裳，倒是一下就醒了。”

你哪管得了这么多，抓起鸡腿就啃，口齿不清：“唔可是呃了寺天……"

"你饿了四天？"

"对对，这邵唔连一口饭都唔给窝……"

"这邵府连一口饭都不给你？"苏相卿坐在对面，笑着执箸，"辛苦了。"

他给你夹来另一只鸡腿："给你写的信，你收到没有？"

你动作一顿，点点头。

"你说遗憾不曾见过我的真迹，只学过我写的表，这次算是见着了，还是用你教过的白话文所写，不知水平如何。"

你愣了下，随书同来的信是不假，可你……不认识他啊？

"你走之后，来了个叫七星的孩子，哪日时机成熟，回到临江镇再引你见见。"

他的语气浸着几分温情，好似故人重逢。

难道他召唤错人了？

硬着头皮吃完这顿饭，你坐在床上，苦想着要不要说实话，苏相卿又递来一件干净衣裙："方才下人送来新衣裳，正好我身上这件也被血污了，先换上吧。"

你心不在焉接过。

"你以前说古装烦琐，还记不记得穿法？要我帮忙吗？"

等等，他说什么？先换上？帮忙？帮什么忙？他在你面前干吗？

你凌乱地抬头，忽然捂住鼻子。

苏相卿正解下外袍，银白里衣半敞，柔软垂落臂弯处，烛光灯影照出男子修长的半身、散落的黑发。他俊朗的脸庞在光里柔和了些，朝你微笑，睿智的黑眸仿佛落入星子。

美男脱衣……

你脑子里"嗡"一声甚至有点让他继续脱的冲动……不行，你是根正苗红的新时代青年，你不能占人家便宜！你捂眼惊呼："公子你好像认错人了，我的确有那封信，可我听不懂你说的话啊……"

"嗯？"

他是不起波澜的池水，不带锋芒的羊脂玉，方才那一声里却有什么坚固的东西无声碎了一道隙，打破了从容。

你脸上发烫："你去屏风后面换。"

通过手指缝隙瞧他，苏相卿已重新穿好了衣裳，很淡地说了句"冒犯"，拿着衣物径自推门出去了。

你叹口气，颓然往床上一躺，努力搜寻关于苏相卿的记忆。

苏大人内敛低调，可唯独一件事，他显出了迫切：命定者。辅佐先帝三年，他动用举国之力来搜寻命定者，说只要找到他们，异样可解。

命定者的共同点便是，旁人是被附身，他们却是身穿过来的。因此，破坏了天地平衡，只有他们回去自己的历史，这里才会恢复如常。

那阵子闹得沸沸扬扬，连个影儿都没寻到，后来杨夜白上位，便抓了把柄借机弹劾。

片刻后，苏相卿换好衣裳回来，你还没说话，他先温和地开了口："我没有找错人，先前那些话，你不必在意。"

你轻轻呼出那些淡淡的愧疚，振作起来："我有什么能帮你的？"

苏相卿与你对视："若我说，悲欢离合，都围绕你的选择展开，你信吗？"

"这选择，以后会悄悄改变很多，遇到的人、经历的事。这世界对你而言是平铺开来的，哪怕你走到尽头，选了错误的那条路，也可以翻回来重新选择。”

“这就是你作为书外人，最大的优势。”

选择？重来？

你听见他轻声开口：“遗落在书外的记忆会化作碎片，有时会变成重要的线索，不妨试试？”

跳转3（212页）

2

于是你抬起拳，用这身体最大的力气，朝着他的脸狠狠地砸了下去，将他打得一个踉跄。惊呼声四起，他捂着通红的侧脸："你、你个贱丫鬟敢……"

你慢慢扶起柳儿，声音泛冷："第一件事，我已不是你家丫鬟。"

邵公子恼羞成怒，拎着衣襟将你拽起。

你望着他，冷笑一声："第二件事，我的靠山就在这儿。"

邵公子见了鬼似的松手。

因为你的靠山就站在拱门前。看见那一道修长蓝影，看清他眼里的从容，你被撕裂的心忽然好似浸入温泉，被妥帖安放好。

苏相卿一笑："苏某如今一介布衣，但要保全某个人还是不难的，您可以尽管试试。"

这人单看一身文人书卷气，这一笑，眼底深不可测。

别院响起喧哗声。

跳转4（216页）

3

“我懂了。”你点点头。

“要让他们恢复记忆，送他们去继续历史轨迹。而且，他们不会记得在书中的这段经历。”

“每送回一位，都会收到一枚七星碎片。”苏相卿望着你，轻声道，“还剩四枚。”

你看着那枚奇怪的铜片，默默点头。

很多事深讲都是伤心，他不提，你便不问。

“咱们何时出发？”你问。

“我此番只是救你出来，你跟着我，太危险。”他静静望着你，“我流放之际，杨夜白夺走了其余能与我互相感应的六盏灯，眼下他的力量更强。”

他为你吹灭灯盏，轻声道：“近日我有个大理寺的朋友要过来，到时你便随他同去吧。”

朋友？

夜凉如水，你目送他徐徐步入凉意中，脚步微顿，他忽然笑问：“明日晚上，苏某可否来求教些问题？”

几日后，晨起时分。

你打着哈欠跟在苏相卿身后，看他在晨光里举止从容，照常解决剩下的疯人。邵老爷今日不在，问柳儿，说是有位大人物要来，老爷接风去了。

柳儿黏豆包似的跟你坐在石桌旁，怀揣好友能恢复的期望，与你叙旧。

家丁们战战兢兢开门，忽然有个疯人风一般冲出，几人合力也没能拉住，不慎让他冲到苏相卿眼前，疯人口中怒喝，举拳要砸。

柳儿吓得捂住眼。

你慢慢喝茶，发现跟着苏相卿待了几日，自己也变得淡定了。

“将军国土被金人践踏，苏某也深感不甘。”苏相卿未退一步。

拳头距离他面门三寸，停了下来，苏相卿不卑不亢：“可否与苏某谈谈？”

见苏相卿深不可测，那人逼视着他，忽而爽朗一笑：“你这后生，倒是有趣！”

那人席地便坐，谈了起来。

柳儿松了口气，瞧着你的黑眼圈，俨然是熬夜所致，不禁露出奇怪的表情：“最近苏公子晚上总去你房里，你们这是……”

你疲惫地回答：“温习功课，别多想。”

察觉你幽幽的目光，苏相卿朝你淡淡瞥了下，勾唇一笑，仿佛尽在不言中。

柳儿睁大眼看你们，忽然红了脸。

何其冤枉。这几日，苏相卿在众目睽睽之下，披着月色坦然进你房间，然后让你给他补习历史，范围是汉代往后千年，详细到能列个年表，包括各朝代风俗等等。

这人的表现，只能用一个词来形容。

学霸！太学霸了！

历史年表他一听就记住，很多历史事件他能推算出轮廓，军事治国的政策他各有感悟见解。到头来反而是你这个当老师的黯然神伤。

他的推算大胆却不莽撞，耐心地引导着那些人的思维，带他们一步步破开迷雾，找回记忆。

柳儿在旁边不停地说，你有些出神。

“杨夜白的刺客已经行动，前日我夜观星象，已算出自己活不过十五日，不能陪你同行了。”你再问起，苏相卿只答了这么一声。

不在乎死亡，还是另有打算？

柳儿的呼唤将你惊醒，你抬起眼，见她正眼神悲伤地望着你：“我是问……你会和苏公子走吗？当初说好一起回家的。”

你不禁语塞。

在这偌大的邵府，只有你是她相依为命的姐妹，所以宁可自欺欺人。你理解她，可有苏相卿的先例，你无法继续骗她。

你轻轻呼出一口气，认真地望着她：“柳儿，我是你的朋友，但我不是你那位姐妹，希望你能……”

柳儿睁大了眼。

还没等你说完，她气冲冲跑出院去。你正发呆，忽然听见一声怒喝：“死丫鬟，没长眼啊！”

你跑出院子，许多女眷正簇拥着一个锦衣阔少，柳儿脸上落了个血红的巴掌印，跪在地上连连求饶：“奴婢有眼无珠，冲撞了大少爷……”

这位就是邵公子？你还没找他，他倒自己来了。

“邵公子，柳儿撞了人是不对，但罪不至此，让她起来吧。”你走过去，学着苏相卿不卑不亢的语调，勉强学了三成，不太满意。

众女眷的议论声停了，不可思议地瞧着你。

邵公子上下打量你：“哟，听说你最近玩什么借尸还魂，又找了个靠山，长胆儿了？”

这么说倒也没错，你坦然承认：“对。”

奇怪，正视他的时候，这副身体除了畏惧，还有一种奇怪的悲伤……

邵公子冷不防捏住你的下巴：“也不嚷着要高攀本少，做本少的侧室了？”

四周女眷都冷冷地笑，柳儿跪地求饶：“是我冲撞公子，与她无关……”

奇怪的悲伤愈发浓重，是原主求而不得的喜欢，被践踏在尘埃里的喜欢。

你片刻失神，出声问："是因为喜欢你，才受罚饿死的？"

"是啊。"他蔑笑，"想高攀我邵府，你也配？"

你紧紧攥拳，原身或许任人欺负，可你不是这种人。

跳转2（211页）

4

苏相卿向后一瞥，淡淡地侧身避让，有个疯家丁冲了出来，女眷们惊慌失措，眼睁睁瞧着疯人朝邵府门口冲去。

“邵府冲出去一个疯人，邵公子不管？”

邵公子不可置信地瞪着苏相卿，忙招呼家丁追了出去。你让柳儿回去擦擦药，见苏相卿走来，不好意思地笑了声：“让你跟着拉仇恨了。”

“不重要。”

苏相卿抬手为你整理好被扯乱的衣裳，从衣襟到领口，他的动作很慢很细，连你的一寸皮肤也未误碰：“以后我不在场，不可如此意气用事。”

你已熟悉他这作风，眨眨眼：“那你若在场，便可尽情做事？”

苏相卿轻笑。

“跑出去的疯人怎么办？不救了？”你正色问，“还剩下多少？”

“包括邵夫人在内，剩下十余人难以判断。”见邵公子还未回来，苏相卿向府外走去，“虽难以医治，但也不能纵容他上街伤人，走吧。”

你跟上去，见疯人跑到车水马龙的街上，如饿狼冲入羊群，猛推开邵公子，趁着家丁们保护少爷的功夫，朝一位无辜妇人伸手扯去。

几道弩箭精准地没入疯家丁肩膀，他的臂膀顿时鲜血淋漓。

苏相卿亮出长袖里藏着的微型连环弩。疯家丁捂着胳膊，听见远处许多马蹄音响起，不要命地朝前跑，想夺马逃走。

苏相卿右臂一垂，长袖掩下武器：“大理寺的人。”

大理寺？

马蹄声惊开人群，一队身着漆黑劲装的男子骑马而来，壮汉正朝着最前头那青年冲去。你忍不住抬头，见马背上那年轻男子戴黑色官帽，劲装纹路比旁人更华贵，烫金官纹随骑马动作浮动。

一众打马而来的男儿里，数他最飒爽出挑。

疯家丁的惨叫声响起，你只看清他在马背上翻身踹向家丁，将他踹翻在地，再下马伸手一抓，五指死死抓在对方伤处，霎时鲜血涌出。壮汉痛苦地号叫，瞬间失去反抗能力，被青年一掌劈晕。

看着都疼。

“疯人？”男子缓缓起身，右手指尖还在往下滴血。

他生了张清俊柔和的面庞，眼神清透锋利，举止间有股淡淡的傲气。方才看动作是个提枪纵马的高手，身板却过于瘦削，黑衣衬得那张脸愈显病弱美。

邵老爷从后方一路小跑，拽着邵公子仓皇下拜：“犬子和苏公子正治疗这些疯人，不慎让他跑出来了，幸亏寺卿到场……”

“啊，是。”邵公子点头如捣蒜。

“请誉大人再宽限一段时日，让苏公子再救治几个……”

誉大人迈过昏迷的壮汉，吩咐着属下将其捆起，丢入后方囚车，面无表情：“朝廷定下的时限不多了，剩下的疯人在哪？有多少？”

“至今剩十余人。”苏相卿站在你身旁，又对邵老爷道，“苏某已倾尽所学，令正仍未清醒。”

邵老爷感到天旋地转，当场昏了过去，邵大公子惊呼：“爹，爹！”

誉大人对这景象熟视无睹，他领着大理寺众人走来，命令下属将府中不能自控的疯人送上囚车。

这誉大人在你们面前站定，平静地看了你一眼：“是你？”

你疑惑地看着他。

与苏相卿温润掌控一切的平静不同，这人的平静，仅仅是因为他不带一丝情绪。

“正是。”在你困惑的目光里，苏相卿向你介绍，“大理寺卿誉知行，人称病阎王，也是此前我说的那位朋友。”

誉知行与你擦肩而过，向府内走去：“等清点完朝云城的疯人，我便带你回京，告个别吧。”

满府哭声。

才过午后，府内被翻了个底朝天，无法救治的疯人都被强行押上马车，这偌大的邵府失了大夫人，邵老爷又昏了过去，顿时支离破碎。

偶尔有疯人拼死抵抗，被几个黑衣差人冲上去，三两下揍得鼻青脸肿带走。为防止漏网之鱼，誉寺卿全程看着，婢女战战兢兢来敬茶，他只谢过，随后婉拒。

“大人忙了大半天，不渴吗？”你问。

他慢慢在府里巡视，简单回答：“茶里或许有毒。”

……大理寺鹰犬真不是徒有虚名。

你没有看到那一抹熟悉的蓝影，自从与誉寺卿谈过话，苏相卿便将你托付给人家，淡淡道了个别，头也没回地走了。看方向并没有出府，你却一直没找到他。

这个人对待离别如此果断。

“等集齐碎片，你我终有重逢之日。”他只留下这句。

邵府异样已传到大理寺，苏相卿能做的也只有在此之前，尽可能地多救治几人。而趁机将你推荐给专门调查疯人事件的大理寺，的确是最好的选择。

真的有人理智到不顾自己的性命吗？

“我们走之后，苏相卿怎么办？”你追问。

“杨夜白的刺客已经到达朝云城，天命不可违，带上你，只会牵连你一同丧命。”誉寺卿答，“我认识他两年，他永远只做正确的选择，这便是他的风格。”

“本官也有事要拜托你，隔墙有耳，回京再说。”

你点点头，跟在誉寺卿身后，差人正押着最后几个疯人往府外走，或许是离开朝云城的时候了，可你心中依旧有些许不安。

你决定……

A 去找苏相卿
跳转6（223页）

B 跟着寺卿走
跳转5（220页）

5

既然苏相卿将重要的事托付给你，自己又毅然离去，那么在你集齐碎片之前，这就是最理智的选择。

可他离去时那一抹孑然的蓝影历历在目，那是将死之人不该有的坦然。

哪怕是陌生人，看他徐徐走向死亡，也会让人怅然。

你在原地发愣，再回神，誉寺卿已走出很远，在下人住的偏屋前站定，有个婢女装束的小姑娘与他面对面，正警惕地瞧他。

你连忙跟上。

午后晴光里，誉寺卿的官袍愈显出黑夜般的阴冷，他苍白的面庞也愈显得病弱，整个人瘦削而锋利。

小婢女不过五六岁，口齿不清，拼命摇头："我、我娘没发疯，你不要进去……"

屋里传出咳嗽声，誉寺卿从小姑娘身上挪开目光，迈步向下屋走去，推开门，里面有个老婢女，嘴里浑噩念叨着故土。

小婢女一路小跑扑入娘亲怀里，老婢女虽神志不清，却下意识拥住了孩子。

誉寺卿站在门口，静静望着她们。

这里居然有漏网之鱼，估计是恰好被病情掩过去了。

"誉大人，这邵府不是什么好地方，把她娘带走，她也难活。"你不禁出声求情，"不如就……"

"有些事，总要有人去做。"他嗓音平淡，没有情绪。

你沉默了。

你见誉寺卿向屋里走去，他慢慢环顾四周，这小屋陈旧不堪，桌上却堆着许多风干的树叶，一看便是精挑细选后拾的。

“这些都是你捡的？”

小姑娘眼泪汪汪地点头。

“送我一片，好吗？”

听见这位酷吏问话，小姑娘惊讶地睁大了眼，连忙又点头。

誉寺卿捏起一片，树叶在他手中轻轻打着旋儿。你站在门口，看不清他此时神色，却见他随后转身朝着这边来，连忙让开些：“誉大人这是……”

“官场规矩，收了人家的贿赂，便要替人消灾。”他信手将枯叶向后抛来，你连忙接住，又听他道，“本官既然开口索要，又如何能铁面无私？”

这句话似有轻轻笑意，那是第一缕破冰的春日暖阳，你惊讶地抬起头，见他缺少血色的薄唇仿佛正微微上挑，再看，已消失不见。

恰是乍暖还寒。

“此事你知我知，不准外传。”

你拿着枯叶，不禁一笑：“遵命。”

疯人们很快清点完了，有个叫荀燕的心腹下属跑来，禀告任务完成。

离别之际，你深深回望邵府。

苏相卿离开得如此果断，想必也是不愿让你多留恋，何况柳儿的事已经处理好，你与邵府已经没有瓜葛了——柳儿的愿望是离开邵府寻找爹娘，离开之前，你已拜托寺卿差人送她返乡，一路不会有危险。

走吧，天高地远，何处不是旅途。

心里有个声音轻轻对你说。

跳转第一章-2（19页）

6

你在他身后站定：“我去找他。”

誉知行脚步一顿，没有表情：“天命说他必死无疑，你要陪他一起死？”

“所谓天命，不违逆一下试试怎么知道？大人也知道我是书外人，大不了再重新来过。”你退后半步，语气坚定，“对不住了。”

问过许多府人，有人说曾见苏公子信步向后院竹林去了。

秋意萧瑟，唯独满园修竹郁郁葱葱，林深处有悠扬的笛音传来，缥缥缈缈，婉转低回，令人仿佛踏入另一重天地。

你匆匆踩着落叶循笛音而行，脚下“沙沙”作响。

足音传入某人耳中。

那笛音忽而一扬，添了些许明朗，竹声簌簌，乐声悠悠，冥冥指引着你的方向。你终于穿行至尽头，见那一抹蓝影倚着半人高的青石，横笛吹着，神情闲适。

他还是这么悠闲。杨夜白的追杀，十五日必死的星象，邵府内外的祸乱，似乎都在他面前不值一提。

你略微焦躁的心忽然平静下来，静静站着。

苏相卿也悠悠地吹着笛。

笛声歇止，他对你微笑：“被你找到了。”

“托笛声的福。”

“看来苏某不慎吹得太张扬了。”

“分明是听见我来才张扬的。”你无奈一笑，“你在乎最正确的路，你理智到能看淡生死，可我不能，哪怕你我只是陌生人，我也会回来救你，何况你曾冒险救我呢？”

苏相卿望着你，温声道："就像救柳儿那样？"

"是。"你斩钉截铁，又觉得这回答太果断，"起码这十五日，我陪你，等你活下来咱们再找命定者。"

"好。"苏相卿的声音轻轻响起。

还以为会是拉锯战，没料到他回答得这么快。

"跟我走可不是十全之策，可你既然回来选了我，我也定不负卿意。"苏相卿笑意如常，"走吧。"

"难道你早就想好退路了？"你有些发怔。

"本来没有的，你来了，也就有了。"他收好竹笛，悠悠向着竹林外踱去。

苏相卿穿过庭院，朝誉寺卿走去。

誉寺卿眼皮也没抬一下："被说服了？"

"我决定迟些退场。"苏相卿笑望你一眼，嗓音里甚至带着惬意，"想要出城，少不了大人的一臂之力。"

二人心领神会朝客房走。

苏相卿拿起宣纸，徐徐铺开。上面竟是整个朝云城的地图，细致到每条街巷大道，以邵府为中心，一条朱砂笔细细描下的红线，穿街绕巷。

"据我推算，刺客与大人先后入城，因邵府有大人在，不敢贸然出手。"

原来谈笑间已杀机四伏。

誉寺卿见惯了这场面："本官的车队一出城，这些刺客就会立刻行动，杨夜白是个狠厉之人，听你主动出现，绝不会拖到第二日。"

"这一点，苏某去年寒冬便领教过了。"

你听着二人对话，苏相卿这大半年的行踪渐渐清晰。去年寒冬正是苏相卿被放逐的时候，皇上心软赦免了他，却不代表杨夜白的追杀会罢休，苏相卿在雪中死里逃生，在临江镇幸得一良人相助，这才养好伤，且与誉知行保持联络。

提及那位“良人”，苏相卿的手不经意轻轻抚上坠子。

此后苏相卿一直留在临江镇附近的山居上，用七星灯碎片的力量布下迷阵，隐遁气息，躲过杨夜白的天罗地网。

想要重返迷阵，需先从朝云城平安出去，再想法子乘船回临江。

“以你的作风，不会没有对策。”誉寺卿道。

“我夜观星象，料今日刚过戌时有大雨倾盆，半个时辰后放晴。”苏相卿笑着，目光却悠悠落在你身上，“你可有出城的法子？”

大雨倾盆。

刺客伺机而动。

大理寺今日要出城，趁大雨混入车队，是眼下最容易想到的法子。

你想了想……

跳转7（226页）

7

“我想的是趁大雨遮蔽视线混入车队中出城，但再一想……这办法不可行。”你道，“首先，多数人能想到的办法，刺客必定也能想到。其次我对大理寺了解不多，但官家出行，还押送那么多人，完全没必要冒雨匆匆赶路，反而打草惊蛇。”

誉寺卿看你一眼，与此前他看你的平淡目光不太相似，似乎重新认识了你一下。

待你疑惑回望过去，他却无声挪开了眼。

“正是如此。”苏相卿望着你，眼中闪烁着从容而恬淡的神采，“要听听我的办法吗？”

跳转8（227页）

8

“阴在阳之内，不在阳之对，自然是要利用车队。”苏相卿慢慢地望过图纸上的朱砂线，语气里带着运筹帷幄的沉稳，“不过，要在骤雨初歇后出发。”

誉寺卿望着铺开的图纸，沉思片刻，随后豁然：“原来如此。”

听着苏相卿将计划徐徐讲起，你不禁感到震撼。

“那这些就是……”你指着图纸上的朱砂记号。

“雨中出逃的路线。”苏相卿微笑望向誉寺卿，“便要劳驾誉大人寻个信得过之人，替我们来一场雨中奔命了。”

“大理寺的驾车好手在这儿。”誉寺卿答，“一个时辰之内能急驶三十公里。”

湿冷的秋风吹来，誉寺卿咳嗽起来，你走过去关好窗，抬头一望，原来晴空早被层云遮蔽，一场急雨如约而至。

戌时。

黑云压城，暴雨骤然砸下，满城浮起灰蒙蒙的水雾。

邵府门前，一辆来路诡秘的马车正在冒雨出行，那车夫的面容压在蓑衣斗笠下，扫一眼四下雨幕，跳上车前，扬鞭向北城门疾行。

后方立刻有另一辆精良马车紧跟上前。

雨中杀机暗涌。

你与誉苏二人在客房中，誉寺卿闷葫芦似的不吱声，苏相卿也只慢慢地喝茶，偶尔扫一眼桌案上的图纸。

他的计划正有条不紊地进行着。

“现在大概到哪儿了？”你忍不住出声。

苏相卿放下茶盏，指尖落在图纸上邵府的位置，徐徐划动到某一处："北城门，转折处。"

雨幕之中。

灰蒙蒙的雨幕将街巷砖瓦的迷蒙隐去，大道上只有两辆追赶的马车。马车溅起积水，长鞭高高扬落，马背上顿时又多了道血痕，马疯狂飞奔着，速度之快，让人担忧四轮会不会颠簸飞出。

两辆马车一追一逃向北城门而去，后方车中寒光闪烁，有人抬起弩箭在劈头盖脸的雨水里瞄准了前方。

那人并不慌张，他在等目标车夫停下来的瞬间，再放出致命一击。

目标即将奔出城门，雨幕中却左右闪出两辆车来，同样杀气腾腾地横在城门口，正是要逼停目标。

下一刻，目标车夫在暴雨里高喝，马儿急急一转头，几乎要让车厢侧翻，倾斜的两轮随后稳稳砸落在地，竟驾车猛地向侧旁小巷而去！

刺客们大惊失色，连忙掉头追去，这小巷堪堪只能通行一辆马车，三辆马车顿时被远远甩在后方。

戌时，过三刻。

房里安静，将所有杀机轻描淡写地隔绝在外。

"那十两，柳儿收下了？"苏相卿放下茶盏。

"收下了，但还闹别扭呢。"你轻轻叹了口气，顺手给他续了茶，"不过……有那十两，等她出了邵府，也能好好过活吧。"

苏相卿端起茶盏，调侃道："只给我倒，却不给帮了忙的誉大人倒，誉大人可是会不高兴的。"

誉寺卿无声地瞥了他一眼。

“誉大人他……”你有些尴尬，轻咳一声，“他不习惯喝别人倒的茶。”

看着苏相卿慢悠悠地喝茶，你把后一句“怕有毒”咽了回去。

如果你这身体还有最后的执念，那么便是好姐妹柳儿了，柳儿一直想恢复自由身，寻自己的爹娘去，你方才便和这两人打了商量，请他们帮忙。

于是誉寺卿尊口一开，恢复了柳儿的自由身，你厚着脸皮向苏相卿借了十两银子转手给她，让她出去好好生活。

这件事也算完成了。亡人已逝，执念散去，从此你便是完整的你。

你轻轻呼口气，又望向苏相卿。

若非对自己的计谋有绝对自信，他必然不会布下如此精密的细节。

雨中出逃，这是常人能想到的方式，所以苏相卿反其道而行之，等放晴后再随大理寺坦然出城。为扰乱敌心，拖延这宝贵的出逃时间，他先使出了一记障眼法作为保底。

障眼法，便是请出大理寺的驾车好手，雨中出行，做出要出城的样子，实则只在城中环绕，与刺客保持不远不近的距离——说来简单，火候拿捏却是极苛刻的，布局者需十分熟悉朝云城的图纸，计算好我方车速和情况，推演出敌方心理和路线。

既不能让刺客追上，又不能太过刻意，让对方起疑心，才能起到烟幕弹的效果。待雨停后，你们再由大理寺押疯人出城的时机一起出城，一切都顺理成章。

快一步，慢一步，迟一步，错一步，都有可能满盘皆输。

你想起誉寺卿的话来，他只做最正确的选择——这个人早已将许多路线提前计算好：杨夜白暂且未察觉你的存在，只在乎他的死活，要顺利找命定者，在此地牺牲他而保全你，这的确是最理智的选择。

连他自己都是可以牺牲的棋子。

可为何又因你短短几句话就改变了主意?

某个念头在你脑海里慢慢放大，一旦存在便再也无法不在意，最荒唐、最大胆的念头。

“盯着我的脸，在想什么?”苏相卿问。

你回过神来，见他正笑望着你。

“你说这世上，真的会有一见钟情吗?”你迟疑着，“短到才认识几日那种……”

苏相卿平静道：“对我而言，一见钟情太莽撞，平生只有日久生情。”

你沉默点头。

也对，有些人注定连一声轻笑都引人误会。

誉寺卿起身，推门向外走去：“雨停了。”

庭院里打落了满地秋叶，被誉寺卿的武靴深深踩入泥水。你与苏相卿走出去，见他正推开另一间客房。

大理寺的小子们正聚众打牌，慌里慌张地藏好牌跳起来，平日传闻里飞扬跋扈的一伙人，见了老大跟看见老鹰的小鸡似的。

“誉大人好气场啊。”你感慨。

身边响起轻轻的笑，苏相卿不知从哪儿弄了件白裘为你披上：“出发了。”

你道了声谢，接过来自己系好，与苏相卿走上大理寺马车。长街积水，少有行人，车外景色挪移，不急不缓地出了邵府，车帘被苏相卿轻轻放下：“这秋色，等出了城再看吧。”

在他的精心布局下，大雨仿佛冲刷走了所有的危机，直至出城，也不曾有惊险出现。

往京城与临江有一段路可同行，过了这段路，便需你们自己乘船了。这几日跟苏相卿吃吃睡睡、谈天说地，有时是他与你分享那浩瀚的知识，有时则是你给他讲故事，随口说出的童话，他居然也听得津津有味。

“女巫……也就是女术士，她递给鲛人公主一把匕首，‘如果你在天亮前刺进王子的心脏，就能回到海里去’，”你卖个关子，“你猜接下来如何？”

“她终究下不了手，丢下匕首，在天亮后变成了泡沫？”

你惊讶地睁大眼，随后了然：“又是那位故人给你讲过了？”

苏相卿笑望着你：“我很想听你再讲一遍。”

这几日你有意试探，终于了解到被苏相卿送回去的那位故人，居然是从二十一世纪穿越过来的！被人抢先有些不爽，你懒洋洋往后一靠：“不讲了，罢工。”

车外有人问：“最后咋了？”

你吓了一跳，拨帘望去，是骑马在侧的大理寺小哥，好像叫荀燕。

苏相卿轻笑：“真的不讲？”

故事铺子被迫开张。

没故事可讲，你便琢磨起苏相卿的武器，他腰间所佩的章武剑是友人所赠，他长袖下的元戎弩是自己捣鼓出来的，一触即发，最多可连发三枚。

体积微小，不至杀人，但足以用来挡一挡。

苏相卿解弩相赠，说以防不测，你推辞不过便也接受了。

两人都懒得说话时，你闭目养神，苏相卿时而望风景，时而沉思。某日清晨，你睁开蒙眬的睡眼，车队已到了分别的岔路。

苏相卿下了车，正掀着车帘，笑着向你伸手。你自然地要抬手，想起那些关于日久生情的话来，指尖向后一退，自己三两步下马车，笑道："你看，我好多了。"

"那就好。"苏相卿笑着点头。

誉寺卿过来向你们道别："城北有码头，本官只送到这儿，保重。"

"有劳大人费心了，一路平安，他日再聚。"你由衷地感谢。

到处都是行色匆匆的商贾伙计或赶路人，苏相卿笑着带你赶路："上了船，过两日便能到临江了。"

秋意凉爽，令人心旷神怡，路遇叫卖糖葫芦的小贩，看着玲珑剔透朱红喜人的糖葫芦，你想自掏荷包买两串，忽然回忆起什么，动作一僵。

苏相卿将你的尴尬瞧在眼里，却并不戳破，买了一串递过来："山果秋天刚成熟，正是最酸甜的时节，值得一尝。"

你有些不好意思："这身体原主人攒下来的月钱，都赠给柳儿了……改天再请你。"

虽然原主人被你取而代之，但这个苦命姑娘的所有物，却是不能心安理得挥霍的，你将她寥寥无几的物什都归拢起来，立了个小小的衣冠冢，希望逝者安息。

安顿好柳儿，你终于释然，从此天地间少了一位苦命人，多了一个堂堂正正的你。

远远听见船家吆喝，客船将发。你拽起苏相卿就向码头飞奔，喊着让船家等等，飞快跳上客船，这才松了口气。

举着糖葫芦气喘吁吁，一回头，见苏相卿正没心没肺地笑，你有些无语："该说你有危机感，还是没有呢？"

客船离岸，游人众多，有文人在舱内开雅集，众人热情高涨涌去。你不慎被挤了下，糖葫芦一歪，竟粘在苏相卿洁净的衣襟上。

你闹了个脸红："对不起……"

苏相卿递来帕子，让你擦去手上糖液，笑道：“我这衣裳，竟比我更有口福啊，要看看那雅集吗？”

你眼睛一亮：“好啊。”

跳转9（233页）

9

随苏相卿走进略显沉闷的过道，步上客舱，果然有文人围着长桌吟诗，宾客熙攘，你看着发愁：“咱们能挤进去吗？”

“跟着我。”

苏相卿从容在前，背影颇有古仪君子之风，在熙攘中实在让人难以忽视，众人自觉让开些，竟无意识地开辟出了一条宽敞的路。

这就是所谓气场吗？

长桌旁坐着几个年龄不同的文人，大抵是当地知名的文士，嚷着要玩飞花令。你对这种游戏了解一些，例如甲起头作首诗词，第一字需是“花”字，乙随后起身作第二字为“花”的诗……以此类推，到第七字重来，做不出诗者自罚三杯。

酒量不好就要文采好，文采不好就要酒量好。

古人吟诗果然有潇洒之风，你听得有些痴，感慨：“你看，他们好厉害啊。”

苏相卿微笑看你一眼，忽然淡淡出声："加我一个。"

他翩然入席，气度不凡，引得不少目光望来。

你惊讶地望着他，原来这人也有玩心?

文人们往下吟诗，到最后入席的苏相卿，他不假思索对出一句，引得满堂喝彩。

觥筹交错，转眼已过几轮。前几轮尚可对诗如流，但如今便分出高下来，有人冥思苦想，有人痛快罚酒，苏相卿依旧对答如流。

在众人拍案朗声里，他始终保持着淡淡的微笑，还有闲暇朝人群望过来，与两眼冒光为他加油的你对视。

又过几轮。

席间倾倒许多人，剩下几位也多数摇摇晃晃，苏相卿从最后一位变为倒数第二位，再不断向前。酒杯在他手中轻旋，他眼也不抬再对出一句，首位颓然醉倒，他终于摘得桂冠。

文稿翻飞，看客沸腾，哪管还是不是飞花，听得如痴如醉。

"杀人啦！"

哭喊声炸开，雅间客人们大惊。

走廊响起凌乱的脚步声、刀剑撞击的交锋声，雅间内船客们心惊胆战听着，见许多小纸人飘来，落地竟然化作红衣刺客，鱼贯冲来，见人便砍。

满堂哗然。

众人推搡着往桌下躲，还有几个酣睡的文人在酒醉中一命呜呼。你见刺客迎面袭来，不熟练地抬起元戎弩，苏相卿挡在你眼前，长剑一横。

几个刺客向他围攻，匕首几次险险擦着他的身侧掠过。你手中寒光掠出，刺客立刻变回被射穿的纸人。

“纸人成兵……”苏相卿似有所思，缓缓道出，“江山公子。”

廊外慢悠悠走来个身着红衣的妖冶男子，一抬袖下玉琢般的手，珠帘被他优雅地撩拨开，剔透碰撞，杀声里竟格外悦耳。他款款步入被染红的雅间，唇边扬起微微的笑，四周翻飞的血竟化作了衬托他美色的背景。

几张被扯碎的文稿飘落在地，被他慢条斯理拾起，细细看着：“诗是好诗，可惜了。”

他一抬指尖，雅间内红衣刺客纷纷定格，廊内杀声仍激烈。

“受人之托来杀个人，交出来，便饶你们一命。”江山公子语气随意，丝毫不像来杀人，“苏相卿是哪位？我可没什么耐心，耽误一刻，杀一人。”

“是我。”苏相卿从容出声。

船上所有人齐齐望向苏相卿，江山公子满意地笑起来，接过刺客手中的匕首向他走去：“这会儿我心情不错，没准就只杀他，不杀你们了。”

满船有人松口气，有人不忍，苏相卿平静站在原地，笑了笑：“这么快找到我，杨夜白近来力量又涨了？”

“是啊，着实讨厌极了。”对方也轻笑，“不过他出了大价钱，我也只好帮忙杀你了。”

“我一人身死，换船上这些人性命，似乎也是笔不错的交易。”苏相卿收剑入鞘，指尖轻轻抚上铜片吊坠。

“你倒识相。”

江山宴举起匕首朝他刺去。

你瞳孔骤缩，几乎要出声阻拦，忽听苏相卿传音“朝纸人放箭”，你毫不犹豫抬弩一射，贯穿某个红衣刺客的心口。

那刺客化作纸人飞旋，趁江山宴分神之际，苏相卿竟一抬手，紧握住对方的利刃！鲜血流淌，他掌中忽地大亮，震得江山公子连连倒退，匕首落地。

“江山公子杀人如麻。”苏相卿淡淡笑道，“还是无法信你啊。”

他掌中铜片浸血。

“下一次，瞄准他的脸。”

脑海中又传来苏相卿的声音。

“原来你和姓杨的是同一种人。”江山公子已从片刻震惊中镇定，一声冷笑，抓住苏相卿的衣领，将他狠狠丢出。你忍不住惊呼，见苏相卿如断线风筝飞出，重重撞翻桌椅。

“可惜，你比他弱多了。”江山公子朝着他走去，语调反而轻柔，杀机暗藏。

苏相卿笑着抬起头，蓝衣沾灰，玉冠歪斜，眼神却愈发深邃：“暂时而已。”

好时机！

你藏在角落，抬起暗弩射出，寒光疾掠，正好擦过江山公子的脸侧，划出一道血痕。只是不起眼的划伤，对方却立刻变了脸色，惊叫出声，忽然怒极反笑，竟放弃目标朝你袭来：“你这……”

苏相卿眼中划过锋芒，当机立断，将手中七星碎片朝你掷来。

滔天杀意扑面而来，你一时错觉，仿佛半边天的火烧云坠下天边，向你浓烈席卷来了。

视线里最后一抹蓝光，是那碎片力量乍现，为你挡下致命一击。

跳转10（237页）

10

你被江山公子的力量震昏过去。

再醒来，窗外月悬江面，屋里静悄悄的。顺窗望去，月随行船慢慢推移，月下起伏的轮廓便是万重山。

苏相卿呢？其他人呢？现在如何了？

你推门走出，恰好碰见一个伙计，便问江山宴的事。那伙计心有余悸："那魔头脸上受伤以后忽然走了！多亏您二位出手……"

"苏相卿呢？"

"苏公子一直在床边照顾着姑娘您，见您没事儿才回屋的，一直没出来。"

心中如释重负。

你道了谢，推开苏相卿的房门："苏……"

看清在床上睡着的男子，你连忙收声，他这睡容，之前赶路便早见过许多次，但不曾见他睡得这样沉过。

你轻轻走近，见他连外袍和头冠都未脱，看来是不觉间睡着的。

借月光细细瞧他的脸庞，却见他的眉头蹙着，梦中必然有许多要牵挂的事情，白日里的从容，睡梦里破了功，原来他也是有愁容的凡人。

你观察得仔细，没留神一缕头发垂下，轻轻落到他的脸侧。

苏相卿蹙起的眉悄然舒展开。

此时你正犹豫着，衣冠整齐地睡觉必定不舒坦，要不要帮他一把？他醒着时你是绝不会碰，但此时他昏睡着……

A 帮他解一下
跳转13（244页）

B 放任不管
跳转11（238页）

11

你拍拍自己的脸，坐回去等着。

等了一会儿，苏相卿悠然转醒，见你守在旁，他毫不吃惊：“看来这一觉，咱们都睡了很久啊。”

你默默点头，方才幸好没去扒人家衣服：“还继续睡吗？”

苏相卿笑望着你，看得你有些心虚。

他悠悠收回目光，向着轩窗外的朗朗月色望去：“要不要出去赏月？”

你点头。

跳转12（239页）

12

月悬秋江，船头血迹已被细细抹去，唯独那几道深深的刀刻痕迹，诉说着今天那人来袭时的惨烈。

桌上酒菜正温。

那些死在刀下的船客，再尝不到这些菜，他们或许是要归乡访友，而在岸边等待的人，再盼不回这些归人。

被蓦然勾起思绪，你心中郁郁，正要倒酒喝，对面苏相卿无奈的笑音传来："慢些。"

你勉强笑了下，白日的场景历历在目，说不出话来。

不知喝了几杯，心绪有些飘飘然，伸手欲再拿，酒壶却忽然被苏相卿拿起，他也为自己倒了满满一杯，杯中月影清亮。

"你白天喝太多……"你出声相劝，却见他笑着微微摇头，随后朝着船外一举杯，酒杯微倾，那些酒被细细地洒入江中。

"祭旅人。"他轻声道，神色专注而温柔，"人生如逆旅，我亦是行人。"

你微微一愣。

是啊……生死无常，逝者已逝，再消沉也换不回他们的命，每个生者终究都要继续前行，要在永夜降临之前，昂首迈向第二天。

半晌。

你效仿着他，也将剩余半杯酒浇入滔滔江水，轻轻笑道："祭旅人。"

你将心中猜测说出口："若我没猜错，明早下船……杨夜白的人应该还会等在江畔，到时怎么办？"

酒杯在苏相卿手中轻旋，他答得如此恬淡："若我遭遇不测，你可以去寻誉知行。"

这个人始终无比冷静。

“不测”，这个词被他本人说出口，比所有关心他的人都不在乎。

你有些郁闷，随后豁然，反正这人的性子你已经摸透了七八分：“也算是你进步了。”

“嗯？”

“起码你没立刻就撵我走啊，至少是等你遭遇不测之后。”

苏相卿罕见地沉默了一下，他慢慢地旋着手里的酒盏，动作优雅而从容，你却觉得诡异，这人难道是想看出个花儿来？

学着他轻旋一会儿酒杯，又不轻不重地放下。趁他被声音吸引，你起身撑桌，俯身微微凑近了些，在月下笑望他：“起码在被天命打败之前，你推不开我，如你所说，大不了我穿回去从头再来。”

苏相卿抬起头，与你对视。

对视一会儿，笑意再从他唇边扬起，他眼中荡开温柔的无奈：“遵命，对你，纵是机关算尽的苏某又能有什么法子呢？”

月色清幽，船灯溶溶，此夜二人对酌，不觉已过山万重。

想起下船后可能会有刺客埋伏，你起了个大早。苏相卿安慰你，说有接应之人等着，等你们回到山中，便能凭山中布下的迷阵躲一躲了。

也对，十五日已过七日，只要挺过接下来八日，便有生还的希望。

挤在熙攘的人群里踏上码头，他望向柳岸处：“接应之人来了。”

树下拴着两匹马，旁边不拘礼数地倚着个单薄少年。

这少年不过十三四岁，衣色样式十分古朴，常人难以驾驭的青铜色，和他稚嫩未脱的白净脸庞有种不和谐之感。

你有些怀疑：“真是他？”

“七星看着年纪小，实力可不容小瞧。”苏相卿笑着领你向柳岸走去。

“回来了？”少年懒洋洋地扫了你一眼，问苏相卿，“她就是你大半年里一直挂念的那位……”

“城里可有疑似刺客之人？”苏相卿淡淡问道。

“嗨，杨夜白是什么人啊？当然有不少爪牙，不过我都观察好了，你就放心吧。”少年解开缰绳，将其中一匹马牵给你们，“你们是前日巳时乘客船来的？”

你惊讶道：“你怎么知道？”

苏相卿正要出声，少年大大咧咧答：“我当然知道，当时从你们那儿出发的那些客船，都遭到江山宴袭击，只有两艘幸存的。哎，另一艘是因为好像有个大侠在场，不过也损失惨重……”

你沉默下去，没心思听他再说。

原来在得知你们的行踪后，杨夜白无法分辨哪艘船上才是你们，选择了宁可错杀也不放过。

一声令下，血染秋江。

何等残忍的手段。

苏相卿牵着马，平静道：“你又何必对她说这些。”

“以前我就说人类奇怪，事实不能说，非要掖着藏着。”少年不以为然地翻身上马，“不知道的拼命想知道，知道了又拼命想遗忘。”

你将情绪抚平，语气故作轻松：“那个，我不会骑马，谁能带我一下？”

苏相卿扶你上马，自己坐在后方，一声低喝，马儿在你们身下小步跑起来，跟着少年七拐八绕，避过那些可能埋伏人手的街巷。

“不要因自己的仁慈而苦恼。”苏相卿的嗓音响起。

想起那令人战栗的妖冶身影，你无力地笑：“如果是徒劳的愤怒呢？只是愤怒，无力挽回的。”

“抛却许多绊住人心的情绪，的确会更加果断无阻，可人正因为拥有这些情绪，才被称为人。”此时你们距离极近，你再次嗅到他衣袍间淡淡的皂角香，“比徒劳的愤怒更可怕的，是哪天我们不再感到愤怒。”

你沉默片刻，轻轻一笑：“嗯。”

转眼已至郊外，你在颠簸的马背上抬眼，林中有山道，再仰头，山崖处云雾缭绕。

“有人！”前方少年高喊。

几支冷箭穿林射来，听苏相卿低喝“低头”，你连忙在马背上俯身，一支箭几乎擦着眼前掠过。你们身下的马儿中了两箭，痛苦嘶吼。

你一抬元戎弩，朝林间胡乱连射三发，丛间立刻有人坠马。

刚松口气，却听蹄声如急鼓，更多刺客杀气腾腾地追来，冷箭朝七星射去，竟被他抽剑一劈，叮叮当当劈作几截！

“走！”七星举剑高喝，“我断后，不能留活口！”

他眼中杀气迸发，引马掉头朝刺客们冲去。苏相卿一甩缰绳，马儿死命朝山中疾奔，将杀机渐渐甩在身后，冲入山中。

这山道十分古怪，七拐八绕，每处都有似曾相识的树与石，仿佛始终在原地绕圈子，苏相卿前进的方向却无比笃定。

你觉得他的呼吸有些乱。

不知绕了多少路，错杂的地势豁然开朗，此山中竟有一处竹篱院落，井井有条，像是隐士居所。

苏相卿勒缰一停。

“这山有我布下的八卦迷阵，就算敌人追来，也难辨方向，乃至困死阵中。”他平静的声音响起。

你松口气，跳下马：“这么说，追过来也不用担心了？”

“世上哪里有不能破解的阵法，只是能拖延几日罢了，还是不要追来为妙。”苏相卿轻轻地笑。

他随后下马，脸色因痛楚有些泛白，眼神却依然自若。你错愕望去，看见血迹已染红了他的蓝衣长袖，一支冷箭没入他的右肩。

这种伤势，他是怎么忍着痛驭马穿过那些山道的？！

虽然这一路是踏血而来，看见这个永远从容的人中箭流血时，你还是心中颤抖，连忙扶着他推开篱笆院门，慢慢走进屋里，在他的指导下为他处理伤口。

血腥味蔓延开来。

你听见自己颤抖的呼吸，唯独他的声音清淡而平静：“把外面的箭柄折断，再……”

最后，你气喘吁吁地坐倒在一旁：“你这人……就不觉得疼吗？”

“哪有人感受不到疼的。”苏相卿笑着，“反复说出来，又有什么意思呢？”

你脱口而出：“起码我会听到。”

又一阵漫长的沉默。

“好疼。”

你愣了愣，抬头看着他泛白的笑脸，他望着你，轻声重复：“好疼。”

A 抱住他
跳转14（245页）

B 扶他去休息
跳转15（247页）

13

你紧张地伸手，放在他的蓝衣上，柔软上等的面料，每处纹路都传来细腻的触感，男子的体温通过这衣料传到指尖，仿佛一路传到你的脸颊，烧着了似的烫。

苏相卿的胸膛随着呼吸缓缓地起伏着，此夜静得能听清他的气息。

好吧，你承认自己胆子还是不够大，这么个任人宰割的美男放在眼前，还是犹犹豫豫。

你做贼似的心虚，正要把罪恶的手一收，床上这厮却忽然醒了，他睁开眼，平静地与你对视，惊得你全身一凉，什么时候醒不好，偏要挑个跳黄河也洗不清的时候。

“你这可算是乘人之危？”果然，他悠悠开了口，“这可不是君子所为啊。”

“你，我……”你百口难辩。

苏相卿在床上侧过身，动作慵懒，抬头笑望着你。

你沉默一下：“你做什么？”

“等你继续。”

“你这人……我看你睡得不舒服，就是想给你解下衣服而已！”你脸上滚烫，“你……你想什么呢！”

“这客舱隔音不好，再嚷下去，‘解衣服’这三个字，可是满船人都听得一清二楚了。”苏相卿悠然提醒。

你立刻闭了嘴。苏相卿并没有继续睡的意思，他不急不缓地起身，扫一眼轩窗外的月色，笑道：“要不要出去赏月？”

跳转12（239页）

14

你恢复理智的时候，发现自己紧紧地抱住了苏相卿。

你僵硬抬头，近距离地看清了男子带笑的面庞，他垂眸望过来，眼里温柔，看得你脸上发热。

真是堕落啊堕落，见人家示弱，立刻虎狼般朝着受伤的美男扑了过去。

美男还是这个深不可测的家伙。

院外有人推门，七星的声音越来越近："都解决了，你们俩也不出来迎接我一下？"

你连忙向后退，腰身却被对方牢牢揽住。男子低音笑着传入耳中："是你向我主动，心虚什么？"

脑子又空白了一下。

七星的脚步声就在门外，见你一副放弃思考的表情，他极轻地笑了声，在七星推门的前一瞬松了手。

"怎么没个人回应？"七星推门而入，见到受伤的苏相卿，他有些无奈，"真是柔弱。"

他一转头，又瞅见你，表情纳闷："咦，你脸怎么这么红，发烧了？"

"我……我去做饭！"你落荒而逃。

跳转16（248页）

15

“你看，诚实点儿不是也很好吗？”你叹了口气，慢慢将他扶起，向床上步步挪去，“有我在呢，你就好好休息吧。”

“好。”苏相卿躺在床上，笑望着你，“苏某忽然觉得渴。”

“啊，等一会儿。”

你连忙跑到院里，打了水端来，他慢慢地喝了半杯水，靠在被褥上，扫一眼木窗：“冷。”

你快步过去关上窗，又听他的声音悠悠响起：“现在又有点饿。”

这人……

你哭笑不得，推门出去做饭，差点和刚回来的七星迎面撞上。七星“哎哟”一声，连忙跳开，他皱眉望过来：“叫了半天你们都不迎我一下，干吗呢？”

“他中箭受伤了，需要疗养，我去做饭。”

屋里悠悠传来苏相卿的声音：“正巧你回来了，也跟着去帮忙吧。”

七星不痛快地嘟囔：“你以为我是什么身份，还要给你做饭……”

这少年嘴上叛逆，身体倒是很诚实，一转身就跟你来厨房了。

你默默地瞧着他。

跳转16（248页）

16

你一边做饭，一边听七星讲以前的事。

原来他不是一开始便追随苏相卿的。

他继某人离开之后才来到苏相卿身旁，至于那个在绝境里救了苏相卿的人，他了解不多。

应皇上之意，苏相卿远归山水，建了隐居的房屋院落，屋后则有良田，种下瓜果，晨起去田里忙碌一番，或悠然在林中漫步，再乘兴归家，披一身月色读书，合卷入睡。

用七星的话来讲，他从未见过如此没心没肺的人，此番出山寻你之前，还淡淡叮嘱他照料好院中的草木。

“所以……在你的精心照料下，它们全死了？”你默默看着正洗菜的七星。

“我哪知道！他就知道让我做这做那！都是每天浇浇水，怎么到我手里就死了。”七星翻了个白眼，把洗好的菜往你这儿一扔，“煮汤别放太多盐啊。”

“你不爱吃咸的？”

“是他不喜欢吃咸。”

你切菜动作一停，又默默看他，看得七星浑身发毛：“干吗？”

“某人嘴里嫌弃得很，心里还是很在乎的嘛……”你笑了声，“我们那儿有个词叫什么来着？傲娇？”

“什么跟什么。”七星不快地挪开目光，不理你了。

炊烟徐徐，院中野炊，自有风味。你盛了满满一大碗汤喝，七星和你一样豪迈地捧着碗，喝了个碗底朝天，痛快抹嘴：“冷天果然还是要喝汤啊！哎，放下那个鸡腿！”

你不甘示弱：“先拿先得！另一个都被你吃了！”

“你这人讲不讲理，整只鸡都是我猎来的！”

苏相卿单凭左手吃饭居然也颇雅致，比你俩加起来还赏心悦目，全程微笑看着你们俩。你俩围着锅争执半天，最后协商一人一半，再低头，鸡腿不知什么时候跑到他碗里去了。

你俩目光幽幽：“……”

“鹬蚌相争啊。”他悠悠道。

日子一天天地过去。

让你仍犯愁的是，苏相卿脸上依然缺少血色，简直比那位病弱的大理寺卿还苍白。

在那日七星已经解决掉所有的刺客，若不出意外，这么大一座山，杨夜白不会轻易发现。

问起山外的情况，苏相卿只笑着不谈，还问你今天想钓鱼还是散步。他简直像是专心享乐，将所有的机关算尽都抛去九霄云外。

他彻底成了林中隐士，抚琴吹笛，读书习字，无事便拉你们去钓鱼，鱼儿不咬钩，常常把七星急得直跺脚。

“凡事急不得。”苏相卿看着钓竿，悠悠道。

你跟着点头，其实你也没耐性钓鱼，你只想跟着教训七星而已。

“你你……还有你！两个小屁孩儿，居然也敢教训我。”

对于七星以长辈自居，你早已见怪不怪，毕竟这也叫中二病。

山中无年月啊。

悠悠望向平静无波的河面，觉得它简直像一面镜子，也像你们眼下的生活那样美好。

七星再次甩竿入水，水面立刻溅起水花，你有些恍神，莫名想起“月盈则亏”这个词来。

许多太完满的东西，都免不得在某日破碎，所以才格外珍贵。

那些悠闲的光影里，亦有破碎的伏笔。

苏相卿在独处时咳血，见你过来又轻描淡写抹去，那染血的帕子被无意丢在角落里，被你不慎瞥见。

七星趁夜仗剑溜下山，携一身血腥而归，在天明前不动声色洗去，没察觉你夜不能寝，悄悄出来赏月。

你清楚，那些难以察觉的裂痕，早已在这八天里慢慢地蔓延开。

某日清晨。

又是个明朗的好天气，你伸着懒腰刚从屋里走出来，被七星火急火燎地拽过去："你可算醒了，昨天不是约好了去采药吗？快走快走！"

"哎呀，你急什么……"你打个哈欠赖着不愿干活儿，正和七星拉拉扯扯，苏相卿走出屋，笑着对你们打招呼："早。"

你如常打招呼，在七星的催促下，无奈地收拾好采药竹筐，被他拉着向院外走。苏相卿则站在一片金黄秋意中，在晨光里微微仰头，悠悠望向万里晴空。

被拉着疾步跑出篱笆院之前，你依稀听见一声道别。

"保重。"

下过夜雨，泥泞难走，你跟在少年身后艰难地走着。七星今天沉默许多，他心不在焉地跳过那些泥泞，一路顺着偏僻的山道往下走。

这不是平常采药的路。

你们前后穿过林间，慢慢地走了一会儿，你脚步忽然一停。七星回过身，与你对视了一小会儿，像往常那般开口："愣什么？快走啊。"

“今天是第八天吧。”你缓缓开口，“你有什么事要说，便说吧。”

七星站在原地，微微一愣。

“我看见你昨晚溜下山了，是杨夜白的人闯进来了？”你道，“虽然不明白为什么，但我们其实早就暴露了，对吗？”

七星错愕地盯着你。

“你还挺聪明的嘛。”他倒也想通了什么，坦然一笑，“对付江山宴消耗太大，碎片的力量不够隐藏气息了。法器有一盏主灯，六盏副灯，我们手里只有主灯的一枚残片，杨夜白却有六盏灯。”

“现在无论我们身在何处，杨夜白都能感知到。”

那些刺客早已悄悄袭上了这里。

四面围敌，八卦阵奇迹般支撑八天，在今早轰然溃散。这座山像是卸甲的猛将，被一把刀缓缓指向心脏。

月盈则亏。

这场好月色，却也是他轻描淡写赠予你的。

“现在最好的选择就是赶紧离开，我会用力量送你到起初的起点去。”七星少见地认真，“集齐剩下的碎片，他日自有重逢之时，但不是现在。”

那些杀伐的脚步，那些无情的铁蹄，正在你们言语间侵入山林。

“如果我折回呢？”

七星打个响指，你的身体忽然被一股力量禁锢，动弹不得。

他果然不是人类。

先前隔空传话便料到，他拥有常人不能及的神奇能力，又见他先前斩暗箭，你便断出几分。

你静静地与少年对视。

君赠我月色。

我予君以何？

A 回去带苏相卿逃离
跳转17（252页）

B 按他的话离开
跳转引子-1（9页）

17

你闭上双眼，抬起腕上暗弩，对准了自己。

七星的惊叫声响起：“你……你疯啦！你别做傻事，我给你解开总行了吧！”

身上的禁锢果然消失，你笑望着他，眨眨眼：“我早和他约定过，天命到来之前，他都推不开我。”

七星睁大了眼，不可置信地瞪着你：“难道你没听懂吗！杨夜白的刺客已经上山了！他手里也有法器，你要是被他捉住，就别想再搜集碎片了！”

“假如我死了呢？”你语气冷静，“我死了，他还能捉住我吗？”

七星愣在原地，结结巴巴：“假、假如你死了当然就能回去再来……”

“那就好，有法子让他捉不到我，我为什么不回去找他？”你又眨眨眼，语气轻快得自己都不敢相信，“我这人，不到最后一刻不死心的。”

你毫不犹豫地转身上山，裙袂摇曳碍事，你抓住用力一拽，“嘶拉”一声，在七星惊愕的目光里，你丢下撕裂的布料，大步踩着泥泞登山。

我予君性命。

偿君好月色。

“一个个都是疯子啊！”半晌，七星的怒喊声才遥遥传来，他健步朝你冲过来，没好气地一把拽住你的手，“败给你了，走吧！”

你笑道：“多谢。”

下山如此顺利，上山却磕绊不停，纵然有七星拉着，你还是磕碰了许多下，恍惚间眼前又重现邵府那片青青竹林，耳边又听见那悠悠的笛声。

溯洄从之，道阻且长。

山路尽头，推开门扉，又见那一袭蓝影悠悠然站在天地间，长身玉立，神色恬淡。

你与他对视：“我带你走。”

苏相卿回望着你，温柔地回答：“好。”

天命可违吗？

天命不可违吗？

一路上，这两句话在你的脑海里不住回荡。

泥路崎岖，马不能行，你们匆匆向偏僻的山道跑去，七星提剑在后掩护，刺客们杂乱的脚步声被甩在身后。不知跑了多久，后方传来七星的冷喝：“来了！”

话音刚落，一队黑衣人将你们围住，手中寒光闪烁，七星迎面冲去对战，满目剑影。苏相卿以左手持剑，挡下对方斩来的兵器，一支箭无声掠过，那刺客扑通倒地，咽喉没入一支短箭。

你抬起袖下暗弩，继续向其他人瞄准。

林中肃杀之气漫开，黑衣人横七竖八地倒了一地，你们沿山道疾行，后方又一队刺客冲来，认定七星是最难对付的对手，齐齐向他攻去。

“你们先走！”

你咬牙向前，匆匆一回头，见七星已被众多黑衣人围住。

不知跑了多久，终于至岔路处，却听山下众多踏碎枯叶的足音，这条路竟也被敌人占了。

你气喘吁吁，拉着苏相卿向另一条岔路跑去：“走！”

后方传来破空声，许多冷箭纷纷钉穿树木，身旁苏相卿一声闷哼，有箭深深没入他的腰身。你咬牙搀扶着他，回身朝后胡乱放了几箭。

“没有路了。”过一会儿，苏相卿轻声道。

你松开他，向前几步，见前方山崖云气浮动，晴空仿佛可触，重重山水皆在脚下。

“悬崖……”你喃喃自语，跪坐在地，指尖深深挖入泥土，“是悬崖……”

苏相卿从后方走来，因这重伤，他的步伐极慢，每一步都顺着蓝衣淌下血迹，仿佛下一步便被山风吹倒在地。

他将你扶起。

见你们被逼入绝境，对方也不再着急动手，慢慢地朝着这边围来，眼里蔑笑，扬了扬手里的兵器：“不妨求饶一下，便给大人个痛快，如何？”

苏相卿云淡风轻地朝后一瞥，脸色极苍白，神采却高远而悠然。

“我的生，向来掌握在自己手中，我的死也是。”

他朝你坚定一伸手，山风拂动他染血的长袖，吹乱了他的长发，如同展开羽翼，要冲上九霄的鸾鸟。

你无声牵上。

下一刻，山风忽地疯狂吹动，万丈云气在眼前迅速推远。仿佛一刹，又仿佛经历半生之久，沉闷的落地声伴随碎裂声响起，无边的冷意向你阵阵侵袭，视线与意识慢慢地模糊。

是……是山下殷红的梅花开了吗？一朵朵、一簇簇，既惊心又热烈，在你们身下接连怒放。

可秋意还浓，第一场雪还未下，怎么会有蔓延的红梅呢？

为何会这么冷，如同躺在积雪里呢？

你模模糊糊地想着，要努力睁开眼，再看一看。

双眼忽然被一只颤抖的手用力遮住，黑暗之中，对方每一次呼吸都漫长得可怕。

他的声音，却温柔得像是一层层化开的春江水。

“回去吧，下一次，不要选我。”

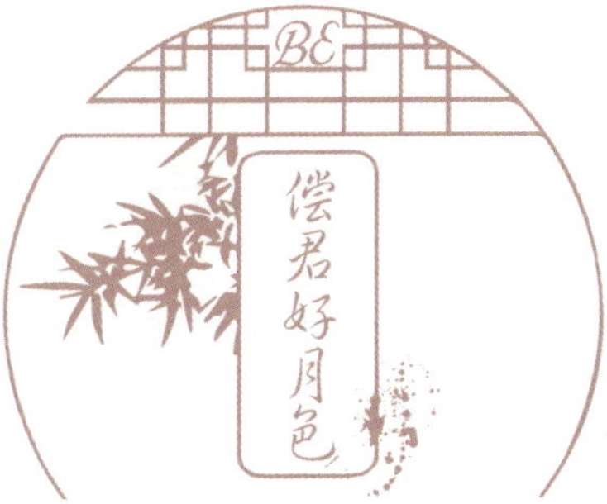

获得七星灯碎片 +1，

集齐所有碎片，可开启隐藏结局。

图书在版编目（CIP）数据

恋与雅君子 / 拂罗 著.
一武汉：长江出版社，2020.8
ISBN 978-7-5492-7173-3
Ⅰ. ①恋… Ⅱ. ①拂… Ⅲ. ①短篇小说－小说集－中国－当代Ⅳ. ①I247.7
中国版本图书馆 CIP 数据核字（2020）第 166152 号

恋与雅君子 / 拂罗 著

出　　版	长江出版社 （武汉市解放大道1863号　邮政编码：430010）		
选题策划	漫娱　杨宇峰		
市场发行	长江出版社发行部		
网　　址	http://www.cjpress.com.cn		
责任编辑	李海振　胡　晔		
特约编辑	郭　昕　郝临风　买嘉欣		
总 编 辑	熊　嵩		
执行总编	罗晓琴		
装帧设计	赵一麟　陈　瑞		
画　　手	鱼　泡　槿　木	开　　本	880mm × 1230mm　1 / 32
配　　音	柳青归	印　　张	8
印　　刷	深圳市精彩印联合印务有限公司	字　　数	236千字
版　　次	2020年8月第1版	书　　号	ISBN 978-7-5492-7173-3
印　　次	2024年4月第6次印刷	定　　价	45.00元

电话：027-82926557（总编室）　027-82926806（市场营销部）

你看到的国师是长久以来占据了我身体的司马氏。

从始至终，他的目标就是掌控时空，以及所有世界的生灵。

当年他欺我年少，骗我拱手将这副身体相让。占据了我的身体后，他便有意一步步朝着官场去，先拜入庆王门下当了个低调的幕僚，后来又遣人扮作疯人，吓死了本就染病的先帝！

先帝驾崩后，他扶持一无所知的庆王登基，又放逐苏相卿等旧臣，好让自己一手遮天。他善于潜伏，连苏相卿都未能察觉他的身份，最终被他抢了那六盏蕴藏力量的灯。

他已经开始着手掌控时空。他在宫中大肆修建的镇妖塔，根本不是收复疯人之用，而是助他增长力量的法宝罢了，塔成之日将举行盛大的祭祀，也是他彻底掌握时空的时刻。

拖到那时候，一切都来不及了。

这双手沾染太多无辜的鲜血，我挣扎拼命过，可每次都被他强行封锁在体内。我无力再抗争。能做的只有最后帮助你一回。

你的命定者失散在书页里，若你寻找的是长陵，那张卖身契或许有线索；如果是历史中的他，梧桐叶会为你指明方向。

剩下的路，只能再由你自己走了。

若最终决战那一日到来，请杀了我吧。

杨夜白

杨夜白的残页